MONTEVIDÉU

ENRIQUE VILA-MATAS

Montevidéu

Tradução
Júlio Pimentel Pinto

Companhia Das Letras

Copyright © 2022 by Enrique Vila-Matas
Publicado mediante acordo com MB Agencia Literaria S.L.

*Grafia atualizada segundo o Acordo Ortográfico da Língua Portuguesa de 1990,
que entrou em vigor no Brasil em 2009.*

Título original
Montevideo

Capa
Bloco Gráfico

Foto de capa
Presente, de Marcius Galan, 2011, ed. 30. Livro/objeto, papel pólen 80 g
e capa dura revestida de linho. Livro grande: 14,3 × 2,9 × 20,6 cm;
livro pequeno: 8,9 × 2,3 × 12,7 cm. Reprodução de Edouard Fraipont

Preparação
Mariana Waquil

Revisão
Huendel Viana
Marina Nogueira

Dados Internacionais de Catalogação na Publicação (CIP)
(Câmara Brasileira do Livro, SP, Brasil)

Vila-Matas, Enrique
  Montevidéu / Enrique Vila-Matas ; tradução Júlio
Pimentel Pinto. — 1ª ed. — São Paulo : Companhia das
Letras, 2023.

  Título original: Montevideo.
  ISBN 978-85-359-3565-3

  1. Ficção espanhola I. Título.

23-161252   CDD-863

Índice para catálogo sistemático:
1. Ficção : Literatura espanhola   863
Tábata Alves da Silva – Bibliotecária – CRB-8/9253

Todos os direitos desta edição reservados à
EDITORA SCHWARCZ S.A.
Rua Bandeira Paulista, 702, cj. 32
04532-002 — São Paulo — SP
Telefone: (11) 3707-3500
www.companhiadasletras.com.br
www.blogdacompanhia.com.br
facebook.com/companhiadasletras
instagram.com/companhiadasletras
twitter.com/cialetras

A Paula de Parma, *treme minha alma enamorada*

PARIS

1

Em fevereiro de 74, viajei a Paris com a anacrônica intenção de me transformar em um escritor dos anos 20, estilo "geração perdida". Fui com esse objetivo, digamos, singular e, embora eu ainda fosse muito jovem, isso não impediu que, logo ao começar a passear pela cidade, eu percebesse que Paris estava ensimesmada em suas últimas revoluções, e então fui invadido por uma preguiça imensa, monumental, um enorme cansaço só de pensar que lá eu teria que me transformar em escritor e, ainda por cima, em um caçador de leões à la Hemingway.

Para o diabo com tudo, especialmente as minhas aspirações, disse a mim mesmo num entardecer, caminhando pela Pont Neuf. Tenho que fazer alguma coisa para escapar deste destino, pensava a cada dois minutos naquele dia, sem me dar trégua. E, no fim, acabei entrando numa rua mal iluminada e iniciando uma vida de delinquente que, de algum modo, devolveu-me a um estado de ânimo adolescente que acreditava ter superado: o clássico estado exasperado do jovem que, na "intempérie de sua alma" e na palavra "solidão", encontra os dois eixos em torno dos quais deveriam girar os grandes poemas que, excessivamente ocupado com o tráfico de drogas, jamais escreverá.

Em Paris, de qualquer forma, não fui tão idiota a ponto de me deixar enganar pelo vazio absoluto, algo que já havia estragado minha primeira juventude em Barcelona, e limitei-me a aceitar que uma controlada falta de sentido me absorvesse, beirando quase o fingimento, dedicando-me quase exclusivamente a percorrer a fundo, de cima a baixo, a Paris mais canalha, a Paris mais brutal, a genial Paris que Luc Sante descreve em *The Other Paris* (bairros repletos de flâneurs, bandidos, estrelas da *chanson*, *clochards*, revolucionárias valentes e artistas de rua), a Paris dos marginais, a Paris dos exilados antifranquistas, com sua bem organizada rede de venda de drogas, a Paris dos destroçados, a Paris da grande vertigem social.

Uma Paris que, muitos anos depois, seria o plano de fundo de minha crônica sobre aquele período em que mergulhei no tráfico de haxixe, maconha e cocaína, e não consegui dedicar-me à escrita nem um minuto, ao que teria que acrescentar meu repentino desinteresse pela cultura em geral — um desinteresse pelo qual paguei caro a longo prazo e que se refletiria até no patético título escolhido para minha crônica daqueles dias desmedidos: "Uma garagem própria".

Naquela primeira temporada de dois anos, Paris foi, para mim, apenas um lugar onde trabalhei exclusivamente como vendedor de drogas e, durante um breve período de três meses que passou voando, fui um consumidor frequente de ácido lisérgico — LSD —, o que me fez entender que aquilo que chamamos de "realidade" não é uma ciência exata, e sim um pacto entre muitas pessoas, entre muitos conjurados que, por exemplo, um dia decidem, em sua cidade natal, que a avenida Diagonal é uma rua com árvores quando, na verdade, se você toma ácido, pode ver que é um zoológico atulhado de feras e de periquitos com vida própria, todos soltos, alguns trepados nas copas das árvores.

Meu mundo em Paris, naquela primeira temporada de dois anos, resumiu-se a um modesto espaço em que reinavam traficantes de pouca importância e, de vez em quando, a algumas festas com exilados espanhóis decadentes, festas baratas, mas com bastante vinho tinto, e das quais recordo unicamente que adquiri o costume de me despedir dizendo aos pseudoamigos ou conhecidos, a todos, sem exceção:

— Já sabe que parei de escrever?

E quase sempre alguém se atirava para me corrigir:

— Mas você não escreve!

E era isso mesmo, de fato eu não escrevia ou, sendo mais claro, não havia voltado a escrever desde o tempo em que publicara meu primeiro e único livro, um exercício de estilo que concretizara nas dependências militares da cidade africana de Melilla e que intitulei *Nepal* e que tratava sorrateiramente da destruição da família burguesa e de como eu me dispunha — santa inocência, ainda não havia colocado o pé em Paris, na rua mal iluminada — a permanecer de maneira absolutamente idêntica ao longo de toda a minha vida, ou seja, encantado pelas sãs tendências hippies que tanto me seduziram, até que uns impiedosos contraculturais, libertários e pacifistas me levaram para trabalhar numa colheita de beterraba, e tudo mudou de repente.

Em Paris ninguém sabia, e evidentemente ninguém teria por que saber, que eu havia escrito e publicado um livro ao regressar da África, um romancezinho que fingia ter sido escrito em Katmandu e no qual eu tratava a prosa de um modo tão experimental que a crítica à família burguesa passava despercebida. Ninguém tinha a mínima noção sobre aqueles dias em que eu havia estado em Melilla, brincando de me sentir Gary

Cooper em *Marrocos*, de Von Sternberg (embora me faltasse tudo para ser ele, a começar por Marlene Dietrich), o que me oferecia, entre outras coisas, a chance de tentar ser outro, de inventar uma nova identidade para mim, mesmo que sempre acabasse descobrindo que, apesar de desejar ser muitas pessoas e de ter nascido em muitos lugares diferentes, não passava um dia sem que eu constatasse que somos demasiadamente parecidos a nós mesmos, e o perigo é justamente que acabemos parecidos a nós mesmos.

2

Era muito raro não escrever em Paris, que isso fique bem claro. Cioran descreveu esse fenômeno ao transcrever o que a porteira de seu prédio um dia lhe dissera: "Os franceses não querem mais trabalhar, todos querem *escrever*".

"Mas você não escreve!", corrigiam-me sempre nas festas das quais saía com cargas explosivas de vinho e haxixe. Dias depois, porém, voltava a me despedir da mesma forma; gostava tanto de proclamar que havia deixado de escrever para poder ouvir aquele fantástico "Mas você não escreve!" que me acostumei a fingir que não ouvia, consciente de que isso me facilitaria continuar repetindo minha frase de despedida em outras ocasiões.

Hoje acho que compreendo que, muito antes de escrever — ou de ter escrito *Nepal*, o que no caso dava na mesma, porque não era escrita, nem chegava a ser um exercício de estilo —, eu desejava de maneira quase irresistível deixar a escrita para trás, um tema que fiz bem em nunca perder de vista. De fato, essa poética de querer abandonar a obra antes que a obra existisse foi o que, a longo prazo, transformou-me em um especialista em pular de um lugar para o outro no círculo das cinco tendências narrativas, que sempre penso, sempre intuo, que são seis, sem conseguir encontrar a sexta.

Na época, viajei como um louco pelo círculo das cinco tendências narrativas, embora nunca tenha visitado a quarta casa, reservada a Deus e ao tio de Kafka, mais conhecido como "o tio de Madri", um par impressionante, mas que nunca se sabe onde vai surgir.

Viagens agitadas por quatro das cinco casas. Porque, em Barcelona, quando era muito jovem, comecei sendo um desses que "não têm nada para contar" (primeira tendência) e, portanto, só conseguem chutar pedrinhas pelas ruas de seu próprio e infinito tédio. Depois, pulei para a segunda tendência e fui virando um especialista em ocultar certos aspectos das histórias que contava e em obter, com a estratégia, grandes resultados, até que me transformei em um virtuoso das narrativas nas quais *deliberadamente* não se narra nada. Esse período aplainou o caminho para a terceira tendência, que é na qual circula mais gente, ocupada pelos que deixam algum fio solto na história que contam e esperam que algum dia Deus a complete ou, em seu lugar, o tio de Kafka, os dois únicos amos e senhores da quarta tendência, seres lendários — o primeiro mais que o segundo — de quem sempre se falou que, dispostos a dizer algo sensato, acabavam por nunca dizer nada, como se fossem inimigos de qualquer tipo de eloquência. Em relação aos ativos hackers do futuro (que, como os marcianos, em parte já estão entre nós e às vezes assumem o nome genérico de "as redes"), cabe esperar que, com o tempo, aprendam a trabalhar como se pertencessem ao sistema de espionagem norte-americano; um sistema que, por sua vez, e por incrível que pareça, tem pontos em comum com a "máquina solteira" que o genial Raymond Roussel utilizou para escrever sua obra.

Essa invenção do autor de *Impressões de África* — gênio à

frente do seu tempo e precursor da era digital — cuspia inesgotavelmente a linguagem numa deslumbrante criação de escrita interminável expelida, provida de uma infinidade de ecos internos que garantiam que a "máquina textual" nunca pifasse.

Fui, enfim, de um lado para outro, conhecendo algumas tendências melhor do que outras, mas tendo, aos poucos, alguma experiência com cada uma delas, exceto com a dos inimigos da eloquência, casa em que, se não me engano — porque em Montevidéu suspeitei ter dado uns passos a mais na escuridão —, nunca pus os pés.

Enumero as cinco tendências:

1) A daqueles que não têm nada para contar.

2) A daqueles que *deliberadamente* não narram nada.

3) A daqueles que não contam tudo.

4) A daqueles que esperam que Deus algum dia conte tudo, inclusive por que é tão imperfeito.

5) A daqueles que se renderam ao poder da tecnologia, que parece transcrever e registrar tudo, tornando prescindível, portanto, o ofício do escritor.

A primeira casa — a única que percorri naquela Paris dos anos 70 — sempre acabava por me remeter a uma paisagem acinzentada do pós-guerra em Barcelona, com uma figura solitária no centro da cena, no meio do Paseo de San Juan, um colegial entediado, magro e pavoroso — eu mesmo, sem ir mais longe. Uma figura solitária que hoje em dia associo a um comentário de Ricardo Piglia sobre sua juventude e sobre os primeiros anos de seus diários ("Porque ali luto com o vazio total: não acontece nada, nunca acontece nada na verdade. E o que poderia acontecer?"), e também ao diário de Paco Monteras, o único companheiro de colégio que sabia fingir que se divertia, mas que, décadas depois, deu-me suas anotações para que eu as lesse, não sem antes advertir que eram ferozmente entediantes e "tão ocres", disse, destacando o adjetivo "ocres" (que eu nunca tinha ouvido), que os detalhes ali reunidos serviam apenas para saber a previsão meteorológica dos dias pacientemente embaralhados.

3

Uma ampla zona de Montparnasse, e mais concretamente a curtíssima Rue Delambre, onde moraram Gauguin, Breton e Duchamp, entre tantos outros, foi, durante meus dois anos em Paris, o eixo de minhas atividades pseudocomerciais: humildes e trabalhosas vendas de drogas na rua, venda exclusiva a determinados clientes que saíam do bar Rosebud ou do hotel Delambre. Eu a chamava de rua *del Hambre*, a rua da Fome, e às vezes ficava satisfeito por ter encontrado o nome adequado para aquele território em que, para conseguir comer — ou melhor, sobreviver —, eu vendia o que fosse, sempre consciente de que, como dizia um colega espanhol tão desgraçado quanto eu, a única coisa que o soldado raso tem no campo de batalha é a sobrevivência.

O Rosebud era o bar e, ao mesmo tempo, a caverna de jazz que fechava mais tarde em Paris. Um dia voltarei ao Rosebud, mas como cliente, eu me dizia às vezes, sempre tentando não desanimar. Preços acessíveis para os notívagos profissionais e frequentado principalmente pelos americanos mais americanos — ou, em outras palavras, pelos mais *hemingwayanos* — da cidade. O Rosebud continua aberto, comprovei há pouco tempo que segue idêntico ao que era, embora agora feche mais cedo e seja preciso ir à rua para fumar. Os coquetéis de hoje em dia são os mesmos daqueles anos e parecem de outra época. De fato, hoje seriam nomes quase arcaicos (Sidecar, Sling...) se Don Draper, em *Mad Men*, não os tivesse trazido de volta à moda.

4

Eu ria ao pensar que fora a Paris para me transformar em um norte-americano de outra época e acabara vendendo drogas aos norte-americanos do momento.

Aconteceu bem perto do Rosebud, no número 25 da mesma rua da Fome, no lendário Dingo American Bar, hoje a pizzaria Auberge de Venise. Foi numa noite em que eu estava mais atarefado do que de costume, tentando me desfazer da mercadoria do dia. Nisso conheci um militante da casa 4, um "narrador onisciente" (tipo Deus, mas sem parecer ter a suposta condição incontestável deste), um narrador que aspirava pertencer à quarta tendência, mas com equivocadas pretensões divinas. Eu estava olhando o céu para fingir, caso houvesse algum dedo-duro por perto, que não estava praticando nada delituoso quando "o onisciente", um velho com óculos de sol e meio extravagante, todo vestido de branco em pleno inverno, aproximou-se e dirigiu-se a mim para perguntar se eu me orientava pelo céu. Pensei que fosse um informante da polícia ou algo parecido, mas meu temor era totalmente infundado.

Você, meu jovem, olha para o alto e se orienta, já notei, mas saiba que fui eu quem criou o céu, disse o velho. Não estava bêbado, logo, possivelmente era um perfeito bisavô louco. Dei corda para o tipo e perguntei se ele também havia criado a Lua. E as estrelas, ele disse, nenhuma me é estranha, e se quiser posso contar-lhe tudo.

— Tudo?

— Sim, a Criação inteira — disse. — Alguém já lhe explicou de forma completa como se levou a cabo a criação do mundo?

Nada que pudesse me surpreender. Quantos eu já havia

visto aproveitar qualquer pretexto para tentar contar tudo, sabendo que nunca captaram nem a milionésima parte do que tem acontecido no mundo pelo menos desde o Paleolítico? Sabemos, porém, que o mundo está cheio de perseguidores da totalidade, alguns de valia e valor incalculável, como Herman Melville, em quem sempre penso quando circulo pelo mundo dos rastreadores do Todo. Sempre achei que ele traçou, em *Moby Dick*, uma imensa metáfora da imensidão, da imensidão da nossa escuridão.

Um dia, quando escurecia no interminável cemitério de Woodlawn, no Bronx, meu amigo Lake e eu, vendo que ainda não havíamos conseguido encontrar o túmulo de Herman Melville, perguntamos à "Cemetery Police" (composta de dois guardiões da lei porto-riquenhos num carro de patrulha e armados com pistolas quase de faroeste) onde poderíamos encontrar essa tumba e, depois de abrir nosso imenso mapa do lugar, talvez porque nunca tivessem ouvido falar de Melville, entenderam que buscávamos literalmente a tumba de Moby Dick e nos apontaram uma mancha gigantesca, um ponto verde meio confuso daquele mapa, onde se supunha que a famosa baleia descansava.

Deus do céu, pensamos, esses policiais acham que estamos procurando o túmulo mais colossal do lugar, talvez idealizado para acolher o mundo inteiro. E naquele mesmo dia, ao pensar nos perseguidores do Todo, lembrei-me de Miklós Szentkuthy, outro suspeito de ter pretendido abarcar o absoluto, gênio húngaro que dizia desejar ver, ler, pensar, sonhar, engolir tudo, absolutamente tudo. E, claro, lembrei-me do desorientado Thomas Wolfe, que em seu afã de abarcar todas as histórias do mundo afogou-se numa tempestade de materiais que pareciam escapar de seu controle. Já se detectava em Wolfe esse afã de reinar sobre o tempo em seu torrencial primeiro romance, *Olhe para trás, anjo*, em que havia certas palavras que sempre considerei dignas de constante reflexão, talvez até o centro possível de minha poética:

"Na grande linguagem esquecida, buscamos o caminho perdido [...]. Cada um de nós é o total das somas que ainda não somou: reduzi-nos de novo à nudez e à noite, e vereis como começou em Creta, há quarenta mil anos, o amor que ontem terminou no Texas."

5

À noite, concentrei-me precisamente nesse intervalo de quarenta mil anos, assistindo fascinado ao documentário que Werner Herzog rodou na Caverna de Chauvet, aquela gruta situada em Ardèche, no sul da França — uma catedral do Paleolítico, de acesso vedado ao público. Não posso negar que assisti com entusiasmo, pois, voltando de Melilla, havia dedicado muito tempo ao estudo do Paleolítico e, anos depois, não perdera nem um pouco do interesse por ele, ao contrário; minha cabeça carregava, impregnadas, muitas lembranças de minha dedicação ao conteúdo inacabável. Entre elas, uma frase de Georges Bataille, escrita em *As lágrimas de Eros*, muito antes, evidentemente, do documentário de Herzog; uma frase que na época me levou a conhecer o escritor Juan Vico: "Estas cavernas sombrias foram consagradas àquilo que, em um sentido profundo, é o jogo: o jogo que se opõe ao trabalho e cujo sentido é, em primeiro lugar, o de obedecer à sedução, o de responder à paixão".

Apenas os arqueólogos e paleontólogos que trabalhavam no local para documentar as descobertas tiveram acesso ao enclave de Chauvet, onde Herzog conseguiu entrar com uma autorização especial e uma equipe de gravação reduzida. Entre os que foram com ele estava Jean-Michel Geneste, arqueólogo do Paleolítico, que uma vez tive a honra de encontrar e de quem anotei as reveladoras palavras no final do documentário. Anotei-as porque tive a impressão de que me colocaram, pela primeira vez na vida, numa pista muito convincente daquilo que durante tanto tempo busquei: "a grande linguagem esquecida, o caminho perdido", do qual falavam o próprio Wolfe e tantos outros.

Pareceu-me que Geneste falava, com todos os detalhes, do "caminho perdido" quando, no final do documentário, comentou que os humanos de quarenta mil anos atrás, os humanos do Paleolítico, provavelmente tinham dois conceitos que alteram bastante nossa atual percepção do mundo: os conceitos de *fluidez* e de *permeabilidade*. Fluidez significaria, segundo Geneste, que as categorias com as quais lidamos — mulher, homem, cavalo, árvore, porta — podem mudar, modificar-se. Da mesma maneira que uma árvore pode tomar a palavra, um homem, quando as circunstâncias permitirem, pode se transformar em um animal, e vice-versa.

E o conceito de permeabilidade, por sua vez, corresponde à ideia de que não há barreiras, por assim dizer, no mundo dos espíritos. E não sei, mas intuo que esses dois conceitos mencionados pelo arqueólogo Geneste se encaixariam maravilhosamente bem nessa bíblia que sempre foram para mim as *Seis propostas para o próximo milênio*, de Italo Calvino. Mais que isso: seria extraordinário poder ver como, graças ao acréscimo desses dois conceitos de Geneste, as *Seis propostas* incluiriam também uma percepção antiga, mais fluida e espiritual, do nosso mundo.

Uma parede, diz Geneste, pode dirigir-nos a palavra, aceitar-nos ou rejeitar-nos. Um xamã, por exemplo, pode enviar seu espírito para o mundo do sobrenatural ou pode receber, dentro de si, a visita dos espíritos sobrenaturais. Se juntarmos *fluidez* com *permeabilidade*, podemos nos dar conta do quão significativamente diferente deve ter sido a vida de antigamente em relação à de hoje em dia. Nós, humanos, temos sido definidos de várias formas. *Homo sapiens* é uma delas, mas é risível que nos chamemos assim, sobretudo porque se trata de uma definição presunçosa, uma vez que, no fim das contas, nem chegamos a saber que a única coisa que sabemos é que não sabemos nada. *Homo spiritualis* parece, por outro lado, uma definição mais adequada ao que somos. Ou por acaso o filme de Werner Herzog sobre a caverna francesa de Chauvet não permite que detectemos de longe a origem da alma humana moderna? Ontem à noite, a sensação de quase tê-la detectado — essa origem, de algum modo tão visível na caverna francesa — me deixou caminhando pelo "caminho perdido", o mesmo por onde às vezes avanço, ou creio avançar, algo que me ocorre quando sinto que sou esporeado por uma voz que me anima, que literalmente me leva a buscar minha alma: "Vamos, que uma longa estrada nos espera".

6

Fascinou-me, em Thomas Wolfe, um dos pioneiros no século passado em falar desse "caminho perdido", seu afã por abarcar tudo, seus intermináveis esforços para registrar em sua memória cada tijolo e paralelepípedo de todas e cada uma das ruas pelas quais caminhou, cada rosto em meio a cada confusa multidão de todas as cidades, cada rua, cada povoado, cada país e, sim, inclusive todos os livros da biblioteca cujas estantes abarrotadas ele, em vão, havia tentado devorar na universidade.

Tinha algo de romancista dotado de certos dons divinos, se é que esses podem chegar a fazer parte da alma de um narrador. A primeira vez que li algo agressivo em relação a essa categoria de autores totalitários — os limitados e também algo desesperados competidores de Deus — foi num colóquio do qual participava Antonio Tabucchi, de quem acabara de começar a admirar *Mulher de Porto Pim*, maravilhoso livro fronteiriço publicado em Palermo e traduzido, em fevereiro de 1984, em Barcelona, livro tão plural quanto unitário, que reunia, em pouquíssimas páginas, contos breves, fragmentos de memórias, diários de traslados metafísicos, notas pessoais, uma breve biografia de Antero de Quental, lascas de uma história casualmente encontrada na cobertura de um barco, recordações inventadas, mapas, bibliografia, abstrusos textos jurídicos, canções de amor: uma série de elementos, alguns à primeira vista incompatíveis entre si e sobretudo incompatíveis com a literatura, mas transformados em ficção pura por uma firme vontade literária.

Em *Mulher de Porto Pim*, adorei sua nada comum organização dos textos, sua estrutura tão parecida — pelo menos do meu ponto de vista — com a de *Noites insones*, outro livro fronteiriço de grande profundidade, também tão plural quanto unitário, em que, através de fragmentos de memórias e notas pessoais, Elizabeth Hardwick vai compondo o retrato de uma criadora baseada nela mesma, com algumas influências claras, mas no fundo uma criadora única, sempre um pouco cansada, como uma Billie Holiday da literatura, cercada de músicos ainda mais esgotados do que ela, óculos de sol, insônia acinzentada, casacos aflitivos, e as esposas dos músicos, todas tão loiras e tão e tão esgotadas.

Há páginas de Hardwick que eu queria saber de memória, como aquela em que nos diz que, quando pensa nas pessoas desgraçadas que conheceu, tem a impressão de que tudo que as rodeia se parece com elas: as janelas lamentam-se de suas cortinas; as lâmpadas, de sua sombra; a porta, de sua fechadura; o caixão, da camada de sujeira que o sufoca.

O que mais lembro de *Mulher de Porto Pim* é sua leveza poética ao escrever sobre questões difíceis e complicadas e conseguir que elas percam seu peso. É como se Tabucchi pensasse que só a leveza pode transmitir o verdadeiro caráter das coisas e que tudo que tenha um peso de chumbo sempre cega o leitor e o impede de ler. Em seu livro, e, claro, sem anunciá-lo, Tabucchi propõe nada menos que um *Moby Dick* em miniatura.

Li seu minúsculo grande livro de viagem justamente na época em que, transcorridos já dez anos de meu regresso de Paris, descobri que meus melhores amigos de Barcelona haviam-se dado bem na vida, enquanto eu, ao contrário, estava apenas totalmente perdido nela. E, se não estou enganado, foi logo depois de ler *Mulher de Porto Pim* que tive a sensação de passar por uma experiência epifânica e acabei decidindo — com uma alegria e um sentimento instantâneo de libertação descomunal — que voltaria à escrita, como se ela pudesse resgatar-me de algo, pelo menos do porão profundo em que, notava, havia-me precipitado grosseira e desnecessariamente.

Para não acabar como um desses sujeitos cujas janelas se lamentam de suas cortinas, acabou sendo providencial, para mim, a profunda imersão na publicação de um jornal espanhol sobre um colóquio do qual o próprio Tabucchi havia participado. Tratava-se de um encontro, em Roma, de diversos narradores italianos. Nele, Antonio Tabucchi dizia de cara que o romancista do século XX, "por sua onipresença", parecia-se demais com Deus (que estava em tudo, via tudo e era Tudo), e dizia também que, na realidade, isso remetia a algo muito sujo do passado. "E, como tal coisa do passado, muito triturável", concluía, solto, um divertido Tabucchi. O riso ficou dias comigo, porque não conseguia tirar da cabeça aquela conclusão ou, melhor dizendo, aquele inesperado adjetivo final: *triturável*.

Quando, por pura curiosidade, meses depois viajei à Itália para conhecer Vecchiano e passar alguns dias em Roma, no alegre Albergo del Sole da praça do Panteão, li, num jornal que encontrei na recepção do Albergo, e em nada menos que no meio de um artigo sobre futebol, uma frase de Voltaire que me surpreendeu, talvez porque simplesmente não esperava encontrá-la na seção de esportes:

"O segredo de entediar é contar tudo."

Aquilo me fez pensar. As partidas de futebol, por exemplo, contavam tudo e, muitas vezes, não entediavam nada. Inventaram as prorrogações para as partidas que não conseguiam resolver o que havia acontecido nelas?

O segredo de entediar é contar tudo, dizia Voltaire. Mas não me parece que o jovem Kafka concordasse com isso quando, em um de seus textos mais precoces, *Descrição de uma luta*, exigiu que lhe fosse contado tudo, absolutamente tudo: "E logo exclamei: conte de uma vez essas histórias! Não quero saber de fragmentos. Conte-me tudo, do começo ao fim. Nem cogito escutar menos que isso, já vou avisando. É o conjunto que me fascina".

7

Dizer que o segredo de entediar é contar tudo sempre foi para mim uma boa forma de liquidar, com uma única canetada, o narrador do século xx e sua assustadora versão do sabe-tudo. Mas um dia finalmente reparei que também existia um tipo de narrador onipresente que não era nem um pouco pesado, pelo contrário. Por exemplo, Herman Melville, o autor de *Moby Dick*. Anotei numa caderneta e imediatamente me bateu a satisfação de ter acabado com minha absurda rotina — que chegou a durar décadas — de, sem fazer distinções, ir sistematicamente contra o narrador do século xx, uma mania em que, embora tarde, consegui ver a tempo que precisava pôr um fim.

Acabar com a rotineira frase sobre os escritores do século xx me abriu horizontes e permitiu, além do mais, que eu me iniciasse na arte de oscilar de um lado para outro, como um barco em alto mar, e de vez em quando cotejar o maravilhoso contraste, por exemplo, entre o miniaturizado por Tabucchi em *Mulher de Porto Pim* e a vertente colossal de *Moby Dick*, em que tudo é monumental, a começar pelas baleias. E em que, além do mais, brilhava de forma inegável e atraente o imenso afã enciclopédico de Herman Melville, que nos informou em seu livro, entre outras coisas, que os melhores baleeiros costumam vir da imponente Ilha do Pico, nos Açores.

Meses depois de minha passagem por Vecchiano e Roma, conheci Tabucchi numa festa em Barcelona, no hotel Colón, ao lado da catedral. Quis contar-lhe que visitara Vecchiano, sua cidade natal, mas ele, sem sequer me olhar, propôs que o seguisse até um balcão de bar que ficava do outro lado da sala. Para chegar a esse balcão dourado era preciso desviar de muita gente, e por isso o caminho foi longo. Comecei a andar atrás de Tabucchi, que parecia carregar um machado, dada a assombrosa facilidade com que abria caminho na selva de bebedores. Em um momento desse trabalhoso trajeto até o outro lado da sala, perguntou-me de repente, misturando sotaque italiano e português:

— Amigo, por que me *perxegues*?

Peguei no ar o sentido da pergunta: era claro que ele sabia que, em um dos meus artigos de jornal, eu havia literalmente copiado parte de sua descrição do Peter's Bar, um fantástico antro dos Açores que eu mesmo não demoraria a conhecer, mas que, antes, graças a *Mulher de Porto Pim*, pude descrever como se o tivesse frequentado a vida inteira.

Nesse dia, enquanto atravessávamos a selva daquela sala até o balcão mais próximo, agi como se não tivesse captado sua indireta (e cartão de visita) e me empenhei em lhe contar que renunciara a escrever em Paris, mas que, de volta a Barcelona,

24

logo mudei de ideia e me pus a redigir histórias como um louco, chegando até a jogar a própria vida na sarjeta.

Você quer dizer transformando a vida em literatura, disse Tabucchi, porque pensa que o próprio fato de me dizer que renunciou a escrever em Paris já é literatura, e que não podemos escapar dessa lei, nem você nem eu, não é?

8

A figura da qual eu gostaria de falar agora parece saída de um conto de Natal, mas é também um ser humano real, um clochard que, no final do século passado, sentava-se todos os dias no chão, na porta de uma livraria de Paris, no Boulevard Saint--Germain, diante de uma histórica banca de jornais. A livraria não existe mais, faz anos que não tenho notícias do clochard; só a banca continua ali.

O homem que se sentava no chão — o chão continua ali; dedico-lhe uma rápida olhada toda vez que visito Paris — era uma das pessoas mais refinadas que conheci, não apenas por sua forma elegante de se comportar, não apenas porque dava bom--dia aos transeuntes que paravam na frente da banca ou entravam na livraria, mas porque se empenhava em ler os clássicos, sentado ali sobre os papelões que ordenadamente dispunha no chão e de onde, de vez em quando, contemplava o tráfego geral do mundo. Em certas ocasiões, eu o havia visto levantar-se de repente e fumar, com trejeitos de Che Guevara, quase arrogante e olhando para o horizonte, um colossal charuto cubano que desconcertava mais de um transeunte.

Já o havia visto, vez ou outra, em minha primeira temporada em Paris, em minha temporada de inquilino de uma garagem no norte da cidade, e continuei a vê-lo em ocasiões posteriores e nas diversas circunstâncias em que voltei a Paris. Mas nunca imaginei que um dia, em Florença, o escritor Antonio Tabucchi me falaria daquele clochard dos charutos cubanos.

Sentados na parte externa de um café junto ao rio Arno, Tabucchi me disse que uma vez conversou com aquele clochard, tão popular no Boulevard Saint-Germain. E a cena que começou a me contar se passava num entardecer em que nevava copiosamente em Paris e Tabucchi estava sozinho na cidade e, sentindo-se angustiado em seu pequeno apartamento da Rue de l'Université, resolveu sair para dar uma volta pelo bairro e não encontrou ninguém, até que tropeçou com seu amigo clochard, a quem falou de seu desassossego absoluto por estar vivo e pela crueza daquele dia de inverno.

Como única resposta, o homem o convidou a se sentar com ele, sobre os papelões desdobrados na calçada, e a olhar o mundo de sua modesta posição na superfície do solo. Tabucchi não hesitou em aceitar e os dois ficaram um longo período em silêncio, ali na entrada da livraria, contemplando de baixo o passo apressado e às vezes errante, mas sempre indiferente, dos transeuntes, até que o clochard rompeu o silêncio para dizer algo que ficou gravado para sempre em Tabucchi:

— Vê só, amigo? Daqui dá para ver muito bem. Os homens passam e não são felizes.

Depois de voltar de Florença, pensando naquela frase do clochard cujo nome nunca soube, recordei o que Augusto Monterroso e Bárbara Jacobs diziam no prólogo daquela *Antología del cuento triste*, que eles organizaram em 1992: "Se é verdade que, em um conto, concentra-se a vida inteira, e se é verdade, como acreditamos, que a vida é triste, um bom conto sempre será um conto triste".

Claro que, nesse prólogo, também diziam que a parte alegre da vida às vezes se funda na parte triste, e vice-versa, o que não raro me fez pensar que aquele clochard de Paris também tinha algo de animal feliz, algo em comum com aquelas baleias felizes que observam os homens e os descrevem em um relato de *Mulher de Porto Pim*. As baleias, nesse conto, acreditam observar, com trágica ternura, que os homens que se aproximam delas "cansam-se depressa e, quando a noite cai, talvez durmam ou contemplem a Lua. Deslizam em silêncio, afastando-se, e percebe-se que estão tristes".

Às vezes, os relatos breves (é fácil de perceber em Tabucchi) são lâminas de vida com uma estranha ligação com a realidade. Sobretudo se aqueles que os narram são pessoas ou baleias felizes, que precisam da tristeza para viver e morrer. "Ver-me morrer entre memórias tristes", dizia Garcilaso.

9

Cai um raio em Barcelona e imediatamente a memória me transporta para o Teatro Marigny, da Champs-Élysées.

Voltei àquela Paris das drogas e da minha renúncia à escrita uns quinze anos depois e compreendi que me reconciliara com a cidade no exato instante em que, num dia, em meio a uma tempestade cheia de raios, agradeci — nunca pensei que algo assim poderia acontecer comigo — por ainda estar vivo. O instante, sob a marquise do Teatro Marigny, foi apocalíptico. A marquise era meu guarda-chuva e logo foi também meu terror, quando me dei conta de que me refugiara num lugar em que a morte tinha um prestígio muito bem consolidado.

Lembro-me com tanta precisão daqueles momentos de pânico que é melhor que os relate como se estivessem acontecendo agora mesmo; no fim das contas, são instantes que sempre me acompanham.

Antes de me refugiar na entrada do Marigny, notando a aproximação do aguaceiro, desço depressa e eufórico pela Champs-Élysées, acreditando que a alegria que me acompanha nesse dia é imparável. E, na verdade, não é para menos, porque é uma felicidade que provém de saber que finalmente carrego em meu bolso uma tradução francesa do *Tristram Shandy*, de Laurence Sterne, um livro encantado e que, depois de superar uma multitude de provas, sempre demonstrou ser meu amuleto da sorte. Independentemente de ser também um romance infinitamente divertido, esse livro sempre me deu uma estranha força espiritual. É por isso que, apesar de o dia ser duro, com a ameaça de uma agressiva tempestade em Paris, vou pela Champs-Élysées com uma sensação de felicidade exultante.

Paro de repente quando lembro que é melhor não confiar muito na felicidade e que é mais sábio deixar que ela seja efêmera, e não querer abraçá-la tanto. Então rebaixo o ímpeto da minha alegria e me empenho em imaginar que vou lentamente ensombrecendo meu rosto, enquanto acelero ainda mais o passo: um jogo seguido de outro jogo, e de outro, até que, ante a proximidade da tempestade cheia de raios, recupero a seriedade e finalmente me conscientizo de que tenho de buscar um abrigo da chuva. Encontro-o na esplêndida marquise do Marigny, até que levo o susto do ano ao me dar conta de que me posicionei justamente no lugar em que, numa noite trágica, o escritor Ödön von Horváth esperou longamente o diretor de cinema Robert Siodmak e, vendo que não chegava, decidiu retomar seu caminho, e então lhe caiu na cabeça um galho que se desprendeu de um castanheiro violentamente atingido por um raio, a exatos quatro passos da marquise.

Olho a árvore que está diante de mim e comprovo, com o maior terror possível, que efetivamente é um castanheiro, e então toco meu amuleto da sorte no bolso e tento distrair-me, recordando a história um tanto insólita do pobre Horváth, que, um dia, passeando pelos Alpes, topou com um homem que, via-se, havia morrido muitos meses antes e não era um cadáver, mas um esqueleto, embora tivesse a seu lado uma bolsa intacta com um cartão-postal que o morto escrevera e que dizia: "Está tudo ótimo por aqui". Os amigos perguntaram a Horváth o que ele fizera com o postal e ele lhes disse: "Procurei a agência dos correios mais próxima e o enviei. O que eu poderia ter feito?".

Não seria ruim, digo a mim mesmo, morrer em plena Champs-Élysées partido por um raio, seria um belo encerramento de minha biografia *shandy*, mas também é verdade que eu não deveria apressar-me, minha hora não pode já ter chegado. E escolho evocar o jovem Ernst Jünger, que, entre um combate e outro em Bapaume, em pleno front de batalha, dedicava-se com alegria *shandy* a ler o *Tristram*, que para ele era uma fonte de diversão e energia em meio ao desastre bélico.

No tema de que tratamos, não foi o galho de um castanheiro, e sim um disparo que fulminou o jovem Jünger, embora, em seu caso, não tenha havido gravidade nem morte, e ele despertou num hospital militar, onde pôde retomar a leitura do *Tristram*, porque o livro ficara no bolso de seu casaco e, mais ainda, funcionara como um freio oportuno para uma bala que o tentara matar. Para ele, e foi assim que relatou depois, era como se todo o ocorrido nesse meio-tempo (o disparo no combate, o ferimento, o hospital, a enfermeira, o despertar para a realidade e também o despertar para este mundo marciano) fosse apenas um sonho ou pertencesse ao próprio conteúdo do livro de Sterne, uma espécie de inserção espiritual incluída no livro.

Continuo parado sob a marquise, consciente de que me aventurar fora dela poderia custar-me a vida e entregando-me mais do que nunca ao culto absorvente do *shandysmo*, meu talismã. Não há dúvida, digo a mim mesmo, de que esse culto já tem história e merece ser incluído nesta tentativa de "biografia do meu estilo", que acredito que estou começando a escrever.

Cai um raio.

E cai como se quisesse advertir-me de que de maneira alguma estou escrevendo uma "biografia do meu estilo", talvez umas *prosas intempestivas*, umas leves *notas da vida e das letras* com as quais procuraria averiguar quem realmente sou e quem é meu escritor preferido.

Espero outro raio para logo mais. Mas não estou mais tão assustado e agora olho cara a cara o castanheiro assassino, enquanto me lembro de Fleur Jaeggy, a escritora que um dia contou que, depois de escrever *I beati anni del castigo*, voltou a Appenzell — o país de Robert Walser, único habitante do território *cherokee* por excelência da literatura —, e a grande Fleur regressou da mesma forma que uma assassina acaba voltando ao local do crime. Foi ver o internato suíço de moças de seu romance e descobriu que se tornara uma clínica para cegos. E depois, como esse antigo internato ficava muito perto de Herisau, foi ver como era aquele sanatório mental em que Walser passou vinte e sete anos de sua vida. Era um feriado de Páscoa e na entrada viu apenas uma enfermeira, que lhe disse que não podia demorar-se porque estava muito ocupada. Como não havia mais ninguém, Fleur comprou uns cartões-postais. Imediatamente, a enfermeira se tornou gentil e acabou por apresentá-la a alguns pacientes, com os quais pôde conversar: "Foi como se eu tivesse feito uma viagem atrás das pegadas de Walser, buscando as árvores que o viram morrer", comentou Jaeggy depois da visita.

Não me movo. O castanheiro assassino continua ali. Note-se que estou num teatro e o raio poderia ser um efeito especial, embora no fundo eu não ignore que não é isso e que se a morte chegar de verdade não será da forma como eu a tenha imaginado previamente. Ou sim? Claro que sim, por que não?, a morte sabe fugir à regra.

10

Resisto a ceder ao medo absoluto. Meu *shandysmo*, digo a mim mesmo, não fez uma viagem tão longa pela vida, até aqui, para agora sentir mais terror do que consigo suportar. Além do mais, não aperfeiçoei minha coragem na Sociedade dos Amigos de Laurence Sterne, em Barcelona? Sorrio. E sorrio sobretudo ao pensar nas diferentes sociedades e clubes aos quais pertenço. As reuniões da Sociedade dos Amigos de Sterne ocorrem todo 24 de novembro, quando comemoramos o aniversário de nascimento desse grande escritor, oriundo de Clonmel (Irlanda). Se os seguidores de James Joyce são sempre uns fanáticos que, todo 16 de junho, tomam chá e comem torradas e rim de porco no café da manhã, nós, amigos de Laurence Sterne, não ficamos para trás e nos reunimos todo 24 de novembro em um restaurante nos arredores de Barcelona que se chama justamente Clonmel e que é administrado por John William Walsh, oriundo dessa cidade irlandesa, um sujeito que, apesar de ser um leitor insaciável, curiosamente nunca foi admirador do *shandy*, do mesmo jeito que, mesmo sendo um irlandês daqueles que não deixam qualquer dúvida sobre sua origem, sente-se australiano.

Todos os anos rio sozinho em Clonmel quando me lembro das furibundas investidas que Sterne lança em seu livro contra os romances mais solenes de seus contemporâneos. E a cada ano me deixo surpreender pelo levíssimo conteúdo narrativo do livro, em que, como se sabe, o narrador só nasce quando o romance já avançou bastante; antes disso, está sendo concebido, o que nos permite ler *Tristram Shandy* como "a gestação de um romance" e nos divertir sem limites com as constantes e gloriosas digressões e comentários eruditos que pontuam todo o texto.

E, ainda por cima, rio a cada 24 de novembro com sua grande exibição de ironia cervantina, com suas assombrosas cumplicidades com o leitor, com a utilização do fluxo de consciência, cuja invenção tantos tentariam assumir depois.

Tristram Shandy é um livro cujo protagonista não quer nascer porque não quer morrer, da mesma forma que não quero morrer agora na Champs-Élysées, e me agarro a meu *Tristram* de bolso para não descartar a possibilidade de que ele que me proteja com mais eficácia do que a marquise do Marigny.

Não, não quero morrer e passo minha vida em revista rápida e vejo que o cometa *Shandy*, desde que surgiu nela, sempre a alegrou. Sou fascinado por esse romance tramado com um tênue fio narrativo e com certos monólogos em que as lembranças reais muitas vezes ocupam o lugar dos eventos imaginados e em que o riso está sempre a ponto de explodir, e de repente se resolve em lágrimas. Em que descobrimos, subitamente, à beira de um pranto alegre, que a vida pode ser triste. Lógico que sim, claro que a vida é triste, da mesma forma que também pode ser *shandy*.

Tristram não é apenas meu amuleto, mas a coluna vertebral de tudo que escrevi. Nessa possível biografia do meu estilo, que já abandonei, teria sem dúvida ocupado um lugar central. De fato, não é possível entender quase nada sobre mim sem a influência relampejante do livro de Sterne.

Cai um raio.

11

Encontrei ontem, em um arquivo no meu computador, uma antiga mensagem de Tabucchi, escrita num italiano contaminado pelo espanhol, ou vice-versa. Li o documento com surpresa e como sinal de algo e prestei atenção a certas palavras que, por causa do ritmo enlouquecido de minha vida naquela época, eu tinha esquecido completamente e que, além disso, por me faltar o contexto em que foram escritas, ainda são impossíveis de decifrar, e por isso decidi interpretá-las do meu jeito.

Dizia Tabucchi em sua mensagem: *"Amigo: che bella sorpresa. E che bel testo./ Grazie. E grazie per le vostre notizie, che ci fanno molto piacere./ Me hablas de una época remota, quando existían los cetáceos./ Fue una época antediluviana, y sin embargo la he vivido. Que cosa rara./ Se venite a París, sarà un piacere ridere di nuovo insieme. Nos quedamos hasta fin de marzo./ Un abrazo muy fuerte. Antonio"*.

Acredito ou quero crer que, à parte uma improvável mas sempre cabível referência a *Moby Dick*, quando Tabucchi me fala de cetáceos não está se referindo apenas às baleias dos Açores, mas também aos *escritores de antes*, uma raça particular, um tipo de autores que, quando ele escreveu essa mensagem, sem dúvida já haviam começado a extinguir-se e depois, em um ritmo acelerado, continuaram a desaparecer.

Encontrei o conceito de *escritores de antes* num ensaio de Fabián Casas em que, ao recordar Roberto Bolaño, falava de quanto sentia falta deles, pessoas como Julio Cortázar, dizia, que foram muito mais que simples escritores, mas também "mestres, exemplos de vida, potentes faróis nos quais ele e seus amigos se projetavam".

Estava pensando nisso quando me dei conta de que, por pura inércia, havia concluído que, embora em muito menos quantidade, ainda havia *escritores de antes* e outros cetáceos quando, na verdade, como se fossem seres do Paleolítico identificados por Herzog, talvez já se caracterizassem quase como uma relíquia do passado e deles talvez só restassem algumas pegadas, certos rastros que, em seu tempo, conseguiram deixar em cavernas dispersas entre as ruínas da modernidade.

Pegadas, rastros, por exemplo, do cetáceo Lezama Lima em Havana, escrevendo num quarto minúsculo, em contraste com a magnitude de sua grande Obra-Baleia. E rastros também do próprio Roberto Bolaño, rindo em sua caverna de Blanes e expondo seu lúcido inconformismo com a obra dos contemporâneos dos quais não gostava, que eram a maioria, embora fosse mudando de opinião, algo compreensível, uma vez que gostava de elaborar listas e de ser arbitrário e de não levar excessivamente a sério a literatura, o que, no meu modo de ver, sempre foi a melhor forma de levá-la a sério de verdade.

"O ofício de escritor é um ofício bem miserável e, além do mais, está povoado de bobos que não se dão conta da imensa fragilidade, de quão efêmero é esse ofício", disse uma vez Bolaño na televisão chilena. Não sei se ele concordaria — imagino que não, porque gostava de discordar de tudo —, mas, para mim, quando alguém falava de "um escritor de verdade" ou de "um escritor de antes" ou simplesmente de um escritor a quem podemos chamar de escritor, e que portanto não era mais do que um impostor, sempre, sempre o imaginava, e continuo a imaginá-lo, vestido todo de preto e muito francês (embora não seja francês), diante do Mediterrâneo. E, além disso, poeta, para além das poesias chilena e francesa.

Um poeta, também disse Bolaño, pode suportar tudo, o que equivalia a dizer que um homem podia suportar tudo. Mas Bolaño não estava de acordo com essa última formulação porque lhe parecia que havia poucas coisas que um homem podia suportar, enquanto um poeta, ao contrário, podia aguentar tudo.

Certeza? Acredito ou quero crer que também o mundo da poesia está povoado de bobos. Segundo W. H. Auden, um deles era Alfred Tennyson, que em sua juventude tinha pinta de cigano e mais tarde parecia um monge velho e sujo. De todos os poetas ingleses, dizia Auden, o que tinha o ouvido mais apurado era Tennyson, mas provavelmente ele também era o mais bobo de todos.

12

Mallarmé não era bobo, tinha um ouvido apuradíssimo e, ele sim, podia aguentar tudo, com seu ar atemporal de poeta encerrado entre as quatro paredes de sua casa da Rue de Rome. Vivia em um ambiente lacrado, caseiro, com "cheiro de confinamento, de tabaco para cachimbo e de sedas velhas e velhos pergaminhos", que é como, quando jovem, eu imaginava seu gabinete de trabalho, e cuja descrição incluí em meu segundo livro, um breve romance que me acostumei, com o tempo, a explicar a todo mundo que seria "capaz de matar quem lesse". Na verdade, por trás dessa frase, escondia-se o imenso pânico que qualquer leitor despertava em mim, fosse quem fosse. E sem dúvida foi por isso que construí uma máquina criminosa de narrar que, através do próprio texto, assassinava todo aquele que despontava em minhas páginas homicidas e, ao lê-las, descobria quão inexperiente eu era ao narrar, embora não tão inapto na hora de matar em meu texto.

Era exclusivamente francês o cheiro de confinamento de Mallarmé? Na mesma medida que podia ser o de Miles Davis, quando o vi tocar, por volta de 1965, no Palau de la Música Catalana. O trompetista tocou de costas para o público e em meio a uma gritaria monumental, produzida pelos então muito classistas aficionados de jazz daquela cidade franquista, todos convencidos de que "o negro" os desprezava e por isso lhes dava as costas.

Fiquei fascinado por essa ideia de "dar as costas ao público" e a acolhi para justificar o fato de, em meu segundo livro, dar as costas a todos e, como se não bastasse, quisesse a morte do leitor. Quando recordo a época em que o escrevi, recordo também a "cozinha do livro", tudo aquilo que não se encontra nele, mas que está por trás dele, e assim recordo bem que, na verdade, na minha cabeça, todo o romance se passava "entre sedas velhas e velhos pergaminhos", ou seja, passava-se no que eu imaginava que havia sido o gabinete de Mallarmé, no número 89 da Rue de Rome, em Paris.

E também recordo que, às vezes, divertia-me imaginando que Miles Davis visitava Mallarmé sempre com a mesma intenção: animá-lo a acabar o poema que estivesse forjando e conseguir que ele o concluísse como um digno escritor francês. Em uma de suas visitas, parece que Miles Davis perguntou a Mallarmé como ele via sua obra dentro da história da literatura. E Mallarmé, levando em conta que Miles Davis ainda precisava nascer, disse-lhe que chegaria um dia, que ainda não havia chegado, em que a literatura estabelecer-se-ia como um fim em si mesma, ou seja, sem Deus, sem justificativa externa, sem ideologia que a sustentasse, como um campo autônomo.

Quando esse dia chegar, Mallarmé disse a Davis, você já terá morrido há tempos, e eu, nem se fale. Miles Davis sorriu, deixou o trompete numa poltrona de seda azul e, depois de pensar bastante (não queria passar por um desmiolado), disse:

— Será que você escreve justamente sobre aquilo que o impede de escrever? E será que eu toco peças de jazz porque elas falam do que me impede de tocar?

Com essa pergunta, Davis não tinha como saber, adiantava-se a palavras que Samuel Beckett diria muitos anos depois: "Pintamos aquilo que nos impede de pintar".

— Jazz? — perguntou Mallarmé.

A resposta era tão difícil que nunca chegou, e Mallarmé pôde confirmar que estava conversando com alguém, mas que no fundo estava só.

13

Não consigo controlar minha emoção ao me preparar para dizer isto: na literatura, gosto principalmente daqueles que se tornam paradigmas da mais fria e incisiva inteligência, daqueles que levam ao limite o que alguém chamou de "temível disciplina do espírito". E isso é tudo, poderia encerrar por aqui. Mas me parece que farei bem em acrescentar que talvez a qualidade que mais aprecio nos "escritores franceses" seja sua absoluta autonomia. Porque se há algo de extraordinário na literatura é que se trata de um espaço de liberdade tão imenso que permite todo tipo de contradições. Por exemplo, em um mesmo parágrafo é possível acreditar e não acreditar em Madeleine Moore. E agora me vêm à memória os relatos de Liz Themerson, em que a epifania da fé e a do Nada mais radical se dão as mãos e não é possível saber se Themerson é ou não é crente, ou se simplesmente é uma pessoa ambígua o tempo inteiro.

"Escritores franceses" são, por exemplo, Clarice Lispector e Julien Gracq, Ida Vitale e Felisberto Hernández, Felipe Polleri e Harry Matthews, Madeleine Moore e Conde de Lautréamont.

Ou Jean-Yves Jouannais, que, em seu caso particular, como no de Moore e Gracq, é também francês de nascimento e, portanto, se assim o desejam, duplamente francês, embora eu não esteja certo de que se possa ser duplamente francês porque a soma é impossível: ou se é um escritor verdadeiro (logo, francês, ainda que seja norueguês) ou não se é: sem ir muito longe, esse é o caso de Deus quando escreve, e que está muito longe de ser francês.

14

Jouannais é o perseguidor de uma obsessão: abranger todas as guerras da história. Suas conferências ou *performances* — uma por mês no Beaubourg de Paris, há mais de dez anos —, todas dentro de seu ciclo "Enciclopédia das Guerras", são sempre discursos coreografados: uma espécie de interminável encenação em que, sessão após sessão, Jouannais — sempre com o distintivo militar de seu avô e o relógio de bolso do bisavô, artilheiro assassinado na Batalha do Somme — teatraliza o processo de escrita de sua gigantesca, infinita Enciclopédia.

Essa Enciclopédia, como se pode imaginar, abrange desde a *Ilíada* até nossos dias e, por seu próprio caráter de projeto inesgotável, segue o rumo, mais do que seguro, de se prolongar indefinidamente, o que talvez dê tranquilidade a Jouannais na hora de desenvolver seu livro, porque nada acalma tanto quanto saber que não se contará tudo, pois o Tudo escolhido não é, sob nenhum aspecto, abrangível. Porque Jouannais no fundo é um poeta que trabalha com o eterno rascunho de um romance que nunca terá que publicar, não há material nem tempo no mundo para imprimi-lo, e para o qual, portanto, não precisará, em nenhum momento, imaginar uma forma definitiva.

Às vezes penso que não é má ideia escrever um livro que sabemos que não acabará nem mesmo quando nossa vida terminar. Isso me recorda Macedonio Fernández, o mestre de Borges, que começou a escrever *Museu do Romance da Eterna* em 1925 e trabalhou nele por vinte e sete anos, até que a morte interrompeu sua escrita e tornou eterno, por inacabado, aquele *Museu do Romance*, na verdade um "antirromance" escrito num estilo nada linear, que inclui todo tipo de reflexões, discussões e jogos, além de cinquenta prólogos prévios ao *texto* supostamente central da história. Quando, em 1965, quinze anos depois da morte de Macedonio, foi publicado na Argentina, não demorou para descobrirem que, como um desses soldados decapitados que em pleno combate continuam avançando sem cabeça, era um desses livros que têm *vida própria*, ou seja, que continuam romanceando-se sozinhos.

Não há dúvidas de que Jouannais sabe muito sobre livros com vida própria. É muito provável que sejamos amigos há uma grande quantidade de anos, embora jamais nos tenhamos visto pessoalmente ou, melhor dizendo, tenhamo-nos visto uma vez, de longe, no Beaubourg, mas não demos um só passo para nos cumprimentar. E também acho que sempre houve algo muito deliberado, da parte dos dois, nesses desencontros "amistosos".

Se nunca chegamos a nos cumprimentar, se ambos evitamos o encontro, talvez seja porque a relação se baseou em uma intensa correspondência escrita, que nunca quisemos trair passando ao correio eletrônico ou aos vulgares e efusivos abraços em público. Nossa amizade, portanto, presta homenagem ao quase encerrado mundo da correspondência escrita, aos gloriosos dias do passado, ao mundo das cartas, hoje em dia impiedosamente reduzido e em completa e trágica deriva.

Tudo isso me lembra, de algum modo, que minha grande amizade com Madeleine Moore persistiu, através do tempo, em grande medida porque ela não entende demais meu idioma, e meu francês foi sempre imperfeito. Recordo o dia em que Madeleine comentou com sua amiga Dominique Gonzalez-Foerster sobre sua relação comigo: "Se ele e eu tivéssemos entendido tudo que nos dizíamos, com certeza teríamos, a essa altura, uma amizade com um grau mais reduzido de intensidade".

Jouannais, *escritor daqueles de antes*, encarna por si só uma variante da casa 3, a de quem não conta tudo. É que, mesmo que desejasse narrar tudo — em seu caso, a história de todas as guerras —, obviamente não seria possível por causa das dificuldades internas, dos problemas inerentes a seu próprio projeto literário. De algum modo nos faz recordar a pergunta de Miles Davis a Mallarmé: será que você escreve justamente sobre aquilo que o impede de escrever?

15

Em tempos de e-mail, recebi uma longa carta manuscrita de Enzo Cuadrelli, que às vezes alguns chamam de Modugno por sua, para mim, vaga semelhança com o cantor. Escritor da minha geração, nascido em La Plata, professor e romancista, que há cinco anos mora em Nova York, e antes vivia em Boston, onde também trabalhou como professor na Boston University. Amigo desde um remoto encontro que tivemos na baía de Matanchén, mais amigo que inimigo, embora eu nunca tenha chegado a saber direito.

Ele me explica, em sua carta, que Buenos Aires recebeu os tornados mais fortes de sua história, que deixaram dezessete mortos, muitos feridos e cem mil árvores caídas. Mas ele não mora em Buenos Aires, destaca. "Nem preciso dizer que me alegro de viver em Nova York, onde, de qualquer forma, pode haver tornados a qualquer momento", conclui a breve primeira parte de sua carta. Na segunda, mais extensa, explica que está terminando um livro em torno da figura "desse homem obscuro que se nega tenazmente à ação", ou seja, o escrivão Bartleby, e diz que reuniu muitos dados biográficos do personagem que, mesmo tendo sido inventado por Herman Melville, no final das contas, teve uma biografia como todo mundo. "É um livro", Cuadrelli termina dizendo, "que elude de propósito o a cada dia mais sofrível clichê melvilleano do *acho melhor não*, que, aliás, você tanto empregou em *Virtuosos da suspensão*."

Tenho certeza de que Cuadrelli nunca previu a alegria que essas palavras produziriam em mim e sua esplêndida decisão de esmagar, de uma vez por todas, o batido *"I would prefer not to"*, do qual tenho verdadeira fobia.

Há quanto tempo eu esperava que alguém se decidisse a me liberar dessa frase insuportável, desse tremendo clichê que tanto me persegue desde que publiquei, há quase vinte anos, *Virtuosos da suspensão*, em que analisei casos de escritores afetados por essa síndrome do Não que chamei de "síndrome Rimbaud"! Aos poucos, esse livro foi se transformando em um pesadelo que tenho suportado nos últimos anos, um pesadelo incrustrado em carne viva, como aquela maçã que o pai jogou para Gregor Samsa e que ficou grudada em seu corpo e com o tempo acabou apodrecendo.

Naquela época, estava interessado em me aproximar do mundo daqueles que, tendo escrito muito ou pouco, deixaram-se levar pela pulsão negativa ou atração pelo nada e deixaram de escrever. Mas o problema da perseguição a que este livro me submete, e que intuo há tempos, é que, um dia desses, eu mesmo me veja transformado em vítima da minha própria síndrome.

Se isso acontecesse — o que, às vezes, vejo como uma possibilidade —, eu o aceitaria como uma experiência nova e ao mesmo tempo como uma fatalidade que, no fim das contas — pensaria —, já havia previsto. Mas me irritarei comigo, porque não poderei dizer que não fui amplamente advertido por Antonio Tabucchi, por exemplo, de que algo assim poderia acontecer-me. Uma noite, no Siete Puertas, restaurante de Barcelona, ele me alertou que tanta referência a Rimbaud podia desembocar em um bloqueio de escrita. Nada que devesse surpreender-me muito, disse ele, sobretudo quando se sabe que o mito desse poeta no Ocidente se baseia em um *pequeno equívoco sem importância*, pois Rimbaud não abandonou a literatura porque sentia que não tinha mais nada a dizer, e sim porque simplesmente resolveu abandoná-la.

"Quando sair sua biografia de Bartleby que enquadrará o *acho melhor* como clichê — escrevi a Cuadrelli por carta —, eu a endossarei com todas as minhas forças, porque vem bem a calhar e porque não poderia ser mais a favor de acabar com a cansativa matraca da frase do copista."

Na segunda parte da carta, relembrei a ele o que seu compatriota Bioy Casares disse acerca do afortunado destino de alguns livros e quão contrariados seus autores às vezes se sentem em relação a esse êxito, que é o que me acontece há anos, quase como uma maldição, com *Virtuosos da suspensão*, que escrevi despreocupadamente e que desde então me persegue da forma mais preocupante, como se fosse o único livro que escrevi: "Há obras que cumprem um patético destino de infelicidade. Aquilo que um homem trabalhou com seu mais lúcido fervor apodrece, calcinado por uma secreta vontade de morrer, e o que fez como uma brincadeira, ou para cumprir um compromisso, perdura, como se a criação despreocupada exalasse um hálito imortal".

16

A *criação despreocupada* não é um bom título? Tabucchi já morreu, antes que eu pudesse fazer-lhe essa pergunta e muitas outras. Admirava nele a imaginação e também sua capacidade de investigar a realidade e acabar chegando a uma realidade paralela, mais profunda, essa realidade que às vezes acompanha o visível. Lembro que ele gostava de Drummond de Andrade, o poeta brasileiro que via o mistério do além como se fosse apenas um velho palácio gelado. Penso nisso enquanto bato no portão do tempo perdido e percebo que ninguém responde. Volto a bater, e de novo a sensação de que toco em vão.

A casa do tempo perdido está coberta de hera, por um lado, e de cinzas, pelo outro. Casa onde ninguém mora, e eu aqui batendo e chamando pela dor de chamar e não ser escutado. Nada é tão certo como que o tempo perdido não existe, apenas o casarão vazio e condenado. E o velho palácio gelado.

A morte de Tabucchi me persegue, tanto que agora recordo sua viagem a Corvo, a ilha mais remota dos Açores. Só se consegue chegar a ela de lancha ou de barco. Nunca esquecerei o dia em que desembarcamos lá, nós dois, e conhecemos um homem que tinha um moinho de vento para triturar grãos e que não acreditava que ainda houvesse pessoas que se prestassem a ir a Corvo para ver como era a ilha, a menos habitada de todos os Açores.

— Senhores, pode-se saber a que vieram?

— Vai-se a Corvo por ir — disse Tabucchi.

17

Algum tempo depois daquela incursão a Corvo, viajo no último assento do último vagão do TGV que vai de Bordeaux a Lyon. Começou o inverno na França e vou fazer uma conferência em um ciclo intitulado "A chegada do inverno". O tema é espinhoso. O inverno chega todos os anos, é a única coisa que me ocorre dizer. Ou então: no inverno, o frio é suave em Barcelona. Mas não é tão surpreendente que tenham escolhido esse tema. Acho que estou mais habituado a ciclos de conferências que debatem questões que fogem do habitual. Não por acaso, tenho certa experiência em convites para congressos com temas talvez mais incomuns e atrás dos quais sempre está Yvette Sánchez, catedrática da Universidade de St. Gallen, como motor criativo insaciável.

Congressos sobre o fracasso, sobre o mundo dos bonsais indóceis, sobre as duchas mortais no cinema, sobre a enigmática alegria dos ursos de Berna... Por isso, o tema aparentemente meio gratuito do encontro de Lyon, "A chegada do inverno", não me desconcerta tanto. Se pensarmos bem, é uma questão ampla, infinita, carregada de possibilidades. Tenho vergonha de abordá-la em público, isso também é verdade. Além do mais, estou nervoso porque não preparei nada. Vou arriscar. Passarei um sufoco horrível se, no final, tomar a palavra e me der um branco, como se esperasse que a chegada do inverno me trouxesse a inspiração.

Vou pensando em tudo isso no TGV, enquanto olho pela janela. Não há viagem de trem em que a janela não me leve, por um momento, a recordar a história que se conta do poeta W. H. Auden, que cruzava os Alpes num trem junto com alguns amigos e lia atentamente um livro, mas seus acompanhantes não paravam de soltar exclamações de êxtase ante a majestosa paisagem; durante décimos de segundo, Auden levantou a vista do livro, olhou pela janela do vagão do trem e regressou à sua leitura, dizendo: "Uma olhada dá e sobra".

Toda janela de trem me lembra não a chegada do inverno, mas a atitude e a frase de Auden, que, por sua vez, coloca em primeiro plano o *Quixote*, que pescava um vislumbre de realidade e deixava que a imaginação fizesse o resto.

Olho pelo vidro e vejo fumaça nas chaminés de casas distantes, próximas de Limoges. Isso também é a chegada do inverno, digo a mim mesmo. E me lembro, diria que quase milagrosamente, de duas linhas de Julien Gracq em que fala dessa simples corrente de ar que subitamente notamos quando ainda pensamos estar no outono e o inverno de repente se apresenta, chegando na forma de "frio que jorra ao rés do chão e que parece ter feito sua aparição sigilosa para não ir embora".

Fiquei impressionado ao ler isso do grande Gracq, que queria dizer: cada segundo está repleto de sinais para nós, mas quase todos nos passam despercebidos. E recordo que a forte impressão deu lugar, bem rápido, ao fascínio que ainda sinto por essa imagem de frio e de morte que jorra ao rés do chão. E tanto foi assim que agora mesmo reviro essa imagem, enquanto me pergunto se conseguirei fazer uma conferência inteira em torno dela. A conferência, penso, deveria durar um minuto, ou os segundos que Auden dispendeu para levantar a vista de seu livro e olhar pela janela do trem.

No vagão-bar, fico assustado só de pensar na vergonha que posso sentir se a conferência for um desastre. Temo ter um branco, como acontece nos momentos mais aterrorizantes dos meus sonhos. Mas depois me lembro que alguém disse que a vergonha era genial porque servia para aguçar o engenho. Certamente esse alguém, ao dizê-lo, cometeu um eufemismo, observou Elizabeth Hardwick em *Noites insones*, quando anos atrás, num trem canadense que ia de Montreal a Kingston, deu-se conta de que, por vergonha, antes de iniciar aquela viagem, prestara especial atenção a seu aspecto: à roupa, aos sapatos, aos anéis, aos relógios, aos detalhes, aos dentes, aos gestos, a tudo que podia refletir traços de sua personalidade.

Quando saio do vagão-bar, começo a pensar na cena central da conferência. Será sem dúvida relacionada à chegada do inverno e nela será possível acompanhar um Baudelaire inédito, um Baudelaire que escuta em Paris o rumor contínuo dos troncos que vão caindo sobre o pavimento dos pátios. Troncos sendo descarregados de carretas, de casa em casa, ante a iminência do frio. As lenhas caem no chão e Baudelaire está ali, emboscado, prestando atenção ao som monótono dos troncos que caem. Não vai acontecer muito mais nessa cena do poeta emboscado, mas Baudelaire escutará tudo, estudando, analisando, intuindo horrorizado que os novos tempos terão esse som rústico dos troncos estrelando contra o chão.

Ele não gostava da vida moderna, mas, ao mesmo tempo, sentia-se fascinado por ela. Era muito ambíguo, diz Antoine Compagnon em *Baudelaire l'irréductible*, porque sua antimodernidade representava, na verdade, a modernidade autêntica, aquela que resistia à vida moderna embora estivesse irremediavelmente comprometida com ela. Tudo isso não nos faz recordar que "para ser realmente contemporâneo é preciso ser *intempestivo*"? E por acaso não é isso que Nietzsche gritava em Turim quando dizia que "para ser realmente contemporâneo" era preciso ser ligeiramente inatual, manter uma distância crítica que permitisse esboçar uma discrepância política diante do presente?

Em toda essa espionagem da queda das lenhas sobre o pavimento dos pátios, em todas as pesquisas que Baudelaire leva adiante, acabarão misturando-se, como almas gêmeas, a música grosseira e repetida do momento com a mania do poeta, o costume nada nobre — sempre mais obscuro, sórdido e repetido — de abusar da indulgência de seus amigos. De atitude psicótica, como alguém o caracterizou, indicando que o poeta sempre estava, por assim dizer, "nas suas últimas lenhas". "Escrevo enquanto queimo minhas duas últimas lenhas", era o estribilho de suas cartas. Não tinha dinheiro, isso era verdade, mas não podia culpar ninguém, exceto a si mesmo, havia fugido do trabalho e pagava o preço por isso. Enfim, já sei como começarei minha conferência: "Queridas e queridos congressistas: com a chegada do inverno, recorro sempre a Baudelaire".

18

Depois das experiências na rua da Fome, na verdade um prolongamento dos anos em que lutava com o vazio quase total, reapareci em Paris no final dos anos 80, cheio de planos, embora sem a intenção clara de concretizar nenhum deles. Tinha, então, três livros publicados, todos irregulares, e a impressão, para não dizer certeza, de que havia ingressado no mundo literário, o que na verdade não significava nada além de que já havia pessoas julgando minha obra sem tê-la lido.

Na minha segunda viagem a Paris, de meus antigos *copains*, só busquei Madeleine Moore, porque tinha seu endereço e havíamos mantido uma correspondência divertida. Naquela época, ela abria caminho como artista performática e também como incisiva crítica de arte. Marcamos no restaurante La Closerie de Lilas, que Madeleine chamava de "a casa do diabo Vauvert", porque parece que esse famoso fantasma, tão inseparável das lendas de Paris, viveu um período nos arruinados sótãos da mansão que ocupava aquele lugar antes da Closerie.

Vauvert era um antigo morador de Paris, aparecia e reaparecia nos mais variados bairros da cidade e em séculos distintos, mas nunca falhava. Tinha já uns seiscentos anos de vida e era um diabo muito querido pelo povo. Mais que isso: chegou-se a dizer que ele era a própria expressão dos inflamados parisienses. Corria o boato de que possivelmente havia sido ele que enfeitiçara o interior da Closerie, até que, quando o estabelecimento abriu pela primeira vez, Hemingway mordeu a isca: ia escrever lá pelas manhãs, quando não estava aberto para os clientes, mas lhe reservavam uma mesa bem iluminada perto de uma janela. Tudo leva a crer que Hemingway, sem sequer intuir, era inspirado pela atmosfera que Vauvert deixava cada vez que passava por lá.

Quando vi Moore entrar pela porta giratória da Closerie, fiquei impressionado. Ela estava luminosa e exalava a segurança que havia adquirido. Aquela jovem tão inteligente quanto frágil, encurralada por todo tipo de problemas, conseguira escapar das armadilhas que a vida, em seus primeiros anos de juventude, lançara em seu caminho. Foi estimulante reencontrar Moore e ver como ela havia conseguido reorientar seu mundo e substituir a venda diária de papelotes de cocaína por atividades menos arriscadas.

Do nosso reencontro em Paris, nessa minha segunda viagem à cidade, nunca esqueci o que Moore, depois de me confessar que um dia gostaria de ser escritora — de um só livro, avisou; e assim foi, não houve nem haverá outros —, achou por bem me avisar que íamos na direção de um futuro em que teríamos de conviver com todo tipo de escritores fascinados pelo digital e pelas possibilidades que a tecnologia ofereceria para transformar o modo de ler. E acertou, sempre fico pasmo quando me lembro disso.

Escute bem — Moore acabou dizendo —, não se trata de lutar até o fim contra os imbecis digitais, porque há imbecis em todas as áreas, trata-se de escutar o que dizem e entendê-los e então criar um mundo em que os idiotas não entrem.

Acho que, com o tempo, tanto ela quanto eu criamos esse mundo, embora eu menos. E aquelas palavras tinham muito sentido, porque depois se viu que o único livro de Moore exibe um traço original: coloca-se para além da problemática crítica da segunda metade do último século. De fato, Moore escreve como se não tivesse sido tocada pelos debates sobre a narração em primeira pessoa, pela autoficção (que não existe, porque tudo é autoficcional, já que o que se escreve sempre vem da própria pessoa; até a Bíblia é autoficção, porque começa com alguém criando algo), a autorrepresentação, a não ficção, que tampouco existe porque qualquer versão narrativa de uma história real é sempre uma forma de ficção, já que desde o instante em que se ordena o mundo com palavras se modifica a natureza do mundo.

19

As palavras de Moore sobre os idiotas digitais poderiam ter sido a única lembrança inesquecível daquele reencontro, não fosse pelo que aconteceu logo depois, quando pedimos a conta, que começou, primeiro, a demorar para chegar e, depois, a dar sinais de que não chegaria nunca, nunca. Pedimos aos mais atenciosos garçons umas cinco vezes, mas pareciam estar sob a direção do maître Vauvert. Pedimos a conta até para Deus e para o tio de Kafka, mas não havia jeito de nos verem; mostravam-se indiferentes à nossa cortês petição de pagamento. Aquilo era tão irritante e, ao mesmo tempo, tão diabolicamente divertido que nos pareceu que a situação exigia alguma medida de nossa parte, inclusive represália. E foi o que fizemos. Como Moore tinha estacionado seu Citroën DS bem em frente à Closerie, propus que fôssemos embora sem pagar, e assim, num dado momento, sem pensar duas vezes, enfileiramo-nos na porta giratória do local — na qual, por um dramático momento, quase ficamos presos — e saímos para o Boulevard du Montparnasse, subindo a toda velocidade no carro e fugindo felizes, extremamente eufóricos por ter levado a cabo o que nos pareceu, naquele momento, uma transgressão importante, pois a Closerie aparentava ser inviolável.

Anos depois, eu contaria a história dessa fuga em uma entrevista para o jornal *Libération* no hotel Le Littré, e o jornalista deve tê-la espalhado nos meses seguintes, pois um roteirista de televisão, para uma reportagem, teve a ideia de me levar de novo à porta giratória e, sob a falsa vigilância indolente dos garçons, pedir-me que voltasse a encenar a grande fuga.

Lembro que, enquanto repetia a antiga escapada, pensei em fingir por uns segundos que havia ficado preso na porta giratória, e fingi com tanto realismo que, por um momento, temi que os garçons aproveitassem a circunstância para me apresentar a velha conta e exigissem que pagasse ali mesmo, sem mais atraso, com os devidos e monumentais juros cobrados pelo local.

Também lembro que, caso isso ocorresse, já tinha preparado a resposta que Josep Pla, ruborizando seus companheiros de mesa — jornalistas, escritores e outros curiosos que iam de Barcelona para vê-lo e confiavam que seriam convidados pelo mestre —, costumava dar quando lhe apresentavam a conta de seus almoços no Motel Ampurdán de Figueres:

— *No tenim diners. Som escriptors.*

(Não temos dinheiro. Somos escritores.)

20

Algum tempo depois daquela incursão a Corvo, encontro-me a pouquíssimos metros do banco verde que existe em Saint-Germain e que continuo considerando meu, embora seja apenas porque ali conversei, ampla e prolongadamente, com Tabucchi sobre o suicídio nos Açores do grande poeta das ilhas, Antero de Quental.

Ao meio-dia vim à área externa do café Les Deux Magots e estou esperando Moore, que, após fazer uma pausa em seu longo caminho de criadora de todo tipo de "ações artísticas", acaba de publicar *La Concession française*, que será, como ela sempre prometeu, o primeiro e único livro de sua vida. Vim a este café porque ela me pediu que a acompanhasse na entrevista que vai conceder à revista *Chic to Cheek* e tenho pensado em como esconder a inveja que o título de seu livro me dá — gostaria que fosse meu.

Quem me vê sentado tão pacífico neste café não me toma como um potencial gerador de caos e, no entanto, percebo que por dentro estou exaltado, não paro de pensar em Moore e em seu livro, no qual me fascina, acima de tudo e além de seu título, a peculiar severidade de suas recusas, quer dizer, seu original bom gosto de descartar as opções mais em voga na literatura atual. E enquanto penso nisso e espero que ela chegue logo, não paro de imaginar o que perguntaria, se fosse o entrevistador, desde que não trabalhasse para uma revista como *Chic to Cheek*, que se propõe a fazer perguntas triviais, quando não explicitamente bobas.

Enquanto espero Moore, dou por certo que ela chegará com René, seu namorado há tanto tempo, um jovem cineasta apaixonado pelos filmes dos anos 60. Por *Week-end à francesa*, de Godard, por exemplo, que indiretamente se inspirou no conto "A autopista do sul", de Cortázar, que, por sua vez, acho que se inspirou em *O anjo exterminador*, de Buñuel.

A leitura de *La Concession française* me apaixonou por sua extrema exigência. E me fascina o jeito de ser, a cada dia melhor, de Moore. Na semana passada, definiram-na com sumo acerto como uma artista que explora um tipo de *literatura expandida*, ou seja, que se comunica e se projeta em outras artes, incluída a ambígua arte das "aparições" e das "desaparições". Moore é uma artista que metaboliza referências literárias e cinematográficas, arquitetônicas e musicais, científicas e pop. E que cria como ninguém "quartos", "interiores", "jardins" e "planetas". Entre seus projetos a longo prazo, encontra-se um "Alienarum 5", em que pretende perguntar-se o que aconteceria se os extraterrestres se apaixonassem por nós — o que mudaria, por que e como.

Estou esperando por ela, mas também pelo jornalista, que está atrasado. Ou eu que cheguei muito adiantado? Não dormi nada à noite e estou o tempo todo a ponto de desmaiar de sono em minha cadeira no Les Deux Magots, circunstância que, por um lado, faz com que me sinta inquieto, mas, ao mesmo tempo, muito livre.

Como se tivesse alguma relação com o título de *La Concession française*, ela não faz, no livro, a menor concessão aos leitores não ativos. Em muitos momentos, associa o texto a suas ações artísticas habituais, nos últimos tempos tão centradas na exploração do intrincado emaranhado que vai criando a identidade em torno de cada um de nós.

Seria tão dramático se perdêssemos a identidade? A pergunta atravessa todo o seu livro, de cima a baixo. Filha de um militar britânico — que se suicidou quando ela tinha cinco anos — e de uma mãe marselhesa que herdou uma grande fortuna, ao que parece de procedência obscura, dividiu toda sua existência entre Paris e Rio de Janeiro, tendo passado uma longa e misteriosa temporada em Shanghai, aonde fui vê-la uma vez e cheguei até a ir à casa em que ela vivia, rigorosamente incógnita, em frente ao mar, mas jamais consegui encontrar-me com ela, descobrindo, assim, que sua vida era, mais do que rigorosamente, rigorosissimamente incógnita. Essa experiência incomum — ir tão longe para encontrar alguém que te espera em frente ao mar da China e não ver, nem por casualidade, essa pessoa — me inspirou um livro que intitulei *Movimento em falso*, como aquele filme de Wim Wenders de que tanto gostei quando o vi.

Estou esperando por ela. Para não parecer inativo e à beira do sono mais bobo diante das pessoas do café, que sei que são críticas e vigiam tudo, folheio *La Concession française*, embora na verdade apenas leia sem parar a muito adequada citação de Flaubert que abre o livro: "A arte é um luxo que precisa de mãos tranquilas e brancas. Primeiro fazemos uma pequena concessão, depois duas, e então tudo fica igual".

Não é estranho, digo a mim mesmo, que ela tenha acabado elaborando um livro tão perfeito, mas digo isso sem passar dessa página, porque já li o livro duas vezes e para mim o que importa agora é dar uma boa impressão aos seletos clientes do Les Deux Magots, entre os quais acho que vejo Jean-Pierre Léaud. Sim, é ele. Mas, ao cruzarmos o olhar, ele abandonou sua expressão muito séria e se pôs a gargalhar sozinho.

Estou esperando por ela e agora, em minha mente, estou chutando pedrinhas, como quando vivia meus dias de adolescente sem que nunca acontecesse nada, no mais profundo dos vazios.

Estou esperando por ela, enquanto recordo que ela às vezes me diz que espera o Grande Leitor, porque exige, daqueles que vão lê-la, uma interpretação muito pessoal do que escreve. É como se quisesse dirigir-se a inteligências separadas, conquistadas uma a uma; inteligências que só se pareceriam entre si por sua propensão a fugir da humanidade. "Parece dirigir-se apenas a seres que buscam, exclusivamente para eles, uma descrição minuciosa de seus abismos pessoais", disse sobre ela Tabucchi, que chegou a conhecer parte do primeiro rascunho de *La Concession française*, que leu com assombro na temporada em que alugou um pequeno apartamento na Rue de l'Université.

A propósito de Tabucchi. Acho que, como à ilha de Corvo, ao mundo tão único de Moore também *se vai por ir* e sempre sabendo que vamos descobrir algo novo. Honra Moore o rigor extraordinário das recusas das dezenas de caminhos literários distintos com que foi construindo seu livro. De fato, é quase impressionante a quantidade de rumos literários dos quais desdenhou até encontrar essa voz tão diferente, que é difícil não notar em seu único livro.

21

Em meio a tudo isso, acaba de chegar o entrevistador, que reconheço logo porque sei que é parecido com um desaparecido grande ator francês, o hoje meio esquecido Michel Simon. Parecido com o desaparecido — que brilhou especialmente no lendário *O Atalante*, de Jean Vigo — ; é inquietante e, talvez por isso, meio intimidado, não sei o que dizer a ele, a não ser convidá-lo a sentar àquela que, em poucos momentos, passará a ser a mesa de "madame Madeleine Moore".

Nisso chega Moore, que vem sem René. Olhos com ramelas, como se ainda transportasse brumosos sonhos da noite passada. Faço as apresentações. Vem a primeira pergunta do falso Simon. E em seguida diversas outras, até que me canso de não falar e atravesso o entrevistador para fazer uma pergunta em voz alta a Moore; pergunta a que ela responde como um autômato, mas com um enorme agradecimento por poder devolver:

— Tendência absoluta à perfeição extrema no trabalho. Ficou claro?

É isso, penso. Tanto ela como eu valorizamos muito que, para certos escritores, o esmero no trabalho seja nossa única convicção moral.

A agilidade da resposta de Moore foi tamanha que pode até ter parecido que havíamos ensaiado a cena. E o fato é que, após ouvir essa resposta, o homem da *Chic to Cheek* mudou a direção de suas perguntas e surpreendentemente elevou o nível.

— O que mais uma escritora de hoje pode tentar na hora de escrever?

Onde foi que ouvi essa pergunta antes? Tanto faz, é quase idêntica à minha, mas formulada de outra forma, e agora o que importa é que supera com folga as anteriores que o falso Simon formulou até o momento. A pergunta obtém de Moore uma resposta que semeia confusão ao fingir, quando ninguém lhe perguntou nada sobre isto, que ficou ofendida por se interessarem pelos dias em que desapareceu na China.

— Se não aparece em *La Concession française*, você não espera que eu revele agora o que fiz nos arredores de Shanghai nos meus dias mais secretos, não é?

Rio em silêncio da expressão de total estupor do entrevistador.

E é verdade. De Shanghai, no livro, Moore fala apenas de seus dois anos de trabalho no grande hotel Cathay, aos quais se seguiram outros dois em uma galeria de "arte contemporânea", a dois passos do Jardim Yuyuan, para, então, sem explicar por quê, desaparecer numa casa junto ao mar, até que voltou a ser vista, num dia de inverno, passeando pelo lendário Bund e falou a todo mundo do que havia deixado para trás com muita pena: sua velha estufa, acesa o tempo todo, como um sinal do fogo eterno, em uma casa da costa central da China.

22

— Você sabe que estamos há dois séculos procurando a cabeça de Goya? — ouço que acabam de perguntar a Moore.

Nem consigo acreditar. Por que o entrevistador está falando de uma cabeça? E ainda por cima de Goya! Em seguida noto que algo parou de funcionar na minha. E, ao ter consciência disso, desperto de repente de um brevíssimo cochilo que me permiti dar em pleno Les Deux Magots e comprovo que o entrevistador de fato fez essa pergunta sobre Goya. Mas perdi alguma coisa. Talvez o cochilo involuntário tenha durado mais do que supunha. Nunca imaginei que, por mais que me perdesse na intrincada fumaça de um sonho de café em Paris, fosse capaz de pensar tudo que pensei de *La Concession française*. E o que mais temo é ter falado dormindo, o que justificaria a expressão de fastio de Moore. Espero que ela não tenha notado que, no sonho, tive a impressão de que sua prosa seca e desnuda às vezes revela uma falta de substância e às vezes até permite que vejamos o vazio puro.

O maior problema é que, já desperto, continuo sentindo-me crítico em relação ao livro, diria até implacável, quase não me reconheço ao me ver conspirando em silêncio, sozinho, contra minha amiga de gênio, o que no fundo equivale a conspirar contra mim mesmo, provocar danos a mim mesmo, e talvez por isso agora faço uma inspeção cuidadosa para ver se estou com a cabeça nas mãos ou se ela está no lugar certo, e acabo perguntando-me se aquilo que há em mim de desconhecido não é o que finalmente permite que eu me conheça.

Como se o drama já não tivesse avançado o suficiente, não ocorre ao entrevistador nada melhor do que perguntar a Moore o que é, para ela, em definitivo, escrever. E ela o fuzila com uma resposta demolidora, provavelmente ensaiada anteriormente em casa:

— Como dizia o dr. Johnson, escrever é expressar-se por meio de letras, é gravar, é imprimir, é executar a escrita, é atuar como autor, é falar nos livros, é rir das moscas de origem belga, é expulsar a Terra do Sistema Solar, é extrair algo do nada, é falar sem que ninguém te interrompa...

Quando vi que ela se desviava tanto do *Dicionário* britânico do dr. Johnson, interrompi suas rajadas de kalashnikov para dizer que eu não acreditava de forma alguma no mundo interior. O mundo parou naquele momento, como se tivesse saído do Sistema Solar, foi espantoso. Quando voltou a movimentar-se, expliquei a Moore que se havia dito que não acreditava de forma alguma no mundo interior era só para de algum modo freá-la e para que aquela entrevista não durasse tanto.

Moore estava me olhando tão horrorizada que eu teria preferido desaparecer dali da maneira mais fulminante possível. De fato, tentei, voltando-me precisamente — pura contradição — para meu mundo interior, afundando-me na mais profunda recordação de minha viagem de uns anos antes ao manicômio de Herisau, no cantão suíço de Appenzell, e de quando vimos um jovem clérigo de altura espetacular — quase dois metros — aparecer de repente na porta de uma igreja de Straubenzell.

"Ah, não, os padres nos perseguem", disse Yvette Sánchez, querida amiga de St. Gallen e organizadora de todos aqueles congressos insólitos e a quem devia minha incursão num lugar muito especial da Suíça, o espaço espiritual e geográfico de Robert Walser. Estávamos acompanhados, lembro bem, de sua amiga austríaca Beatrix, que sorriu quando ouviu sobre os padres perseguidores, talvez porque já soubesse da horrenda cena da noite anterior e de minha absurda, e desnecessária, discussão com um venerado padre suíço, amigo de Yvette. E eu, por minha vez, lembrei-me de Robert Walser quando, em companhia de seu interlocutor Carl Seelig, viu um jovem frade à janela de um convento e comentou: "Sente nostalgia do exterior, assim como nós sentimos do interior".

Voltado para meu mundo interior e em meio à lembrança daquela viagem a Herisau, o carro de Beatrix derrapou numa curva e, escapando por instantes da pista, voltei ao Les Deux Magots, onde a expressão de Moore continuava dura, e busquei em vão uma condição mental estável para lá me refugiar por uns minutos, mas St. Gallen revelou não ser o lugar apropriado e, no fim, não consegui encontrar nenhuma, e continuei animicamente na intempérie.

— Onde você gostaria de estar agora? — pergunta o entrevistador.

E Moore responde, animando-se bastante à medida que fala:

— Gostaria que houvesse lugares estáveis, imóveis, intangíveis, lugares que fossem referências, pontos de partida, princípios morais. E que você voasse pelos ares.

O jornalista cai num tremendo silêncio, enquanto Moore, sem dúvida tentando uma reconciliação comigo, dirige-me um olhar afável e, referindo-se ao jornalista, diz-me:

— O que eu posso te dizer? Certamente não é Wittgenstein.

O massacrado entrevistador não conseguirá se recuperar do golpe. Logo depois o veremos andar sem despedir-se, indo cabisbaixo na direção do Odéon. E observamos que, quanto mais se afasta, mais a sombra de sua silhueta cambaleia de um lado para outro do bulevar.

23

Pergunto-me se *La Concession française* seria um livro a ser situado na linha de sucessão das propostas de Valéry para o romance contemporâneo. E a resposta mais rápida e honesta é que não deveria ser aí situado. Tal como vejo, uma herdeira ou continuadora mais justa dessas propostas *valeryanas* — na verdade relacionadas com a estrutura de *Discurso do método*, de René Descartes — seria, por exemplo, o que poderíamos definir como "o romance parcial de um cérebro" que Rodrigo Fresán construiu em *La parte inventada*, primeira parte do que, parece, vai transformar-se em uma trilogia sobre os mecanismos e as engrenagens que fazem a cabeça de um escritor contemporâneo funcionar.

Há outros livros nessa linha, digamos, cerebral, mas me parece suficiente citar *La parte inventada* para que possamos ter uma ideia do tipo de escrita de que falo e que, casualmente ou não, conecta-se com *Monsieur Teste*, em que Valéry, num prefácio que escreveu para uma segunda edição, diz: "Nesse estranho cérebro, onde a filosofia recebe pouco crédito, onde a linguagem está sempre sob suspeita, não há pensamento que não esteja acompanhado do sentimento de ser provisório".

O sr. Teste gasta sua intensa e breve vida supervisionando o mecanismo através do qual são instituídas e organizadas as relações entre o conhecido e o desconhecido. Rodrigo Fresán também supervisiona o mesmo mecanismo, embora o concentre nesse tipo de criação literária que todas as manhãs inventa o desconhecido. Fresán também se conecta com um estilista genial, John Banville. Ambos são escritores mais comprometidos com a linguagem e seus ritmos do que com a trama, com os personagens ou com o ritmo da história.

Os livros fundamentais da minha vida de leitor transcorrem dentro de uma cabeça, e é isso que eu mesmo fiz como escritor, diz Fresán, para quem o que especialmente interessa contar é a história do estilo, ou da busca do estilo, um processo que transforma o como no quê. No fim das contas, Fresán também acha que, nos livros revolucionários, seja *Ulisses*, *Tristram Shandy*, *Dom Quixote*, *Moby Dick*, a trama pode ser resumida em três linhas.

Às vezes, tenho a impressão de que *La parte inventada* poderia ter sido perfeitamente encabeçada pela frase mais representativa, para mim, de Valéry, uma frase-chave de 1902, de seus *Cahiers*:

"Os outros fazem livros. Eu faço minha mente."

Assim, a linha menos espúria de sucessão de Valéry parece ir por esse lado e não por outro, uma via que, de algum modo, ele abriu em uma das muitíssimas cartas que enviou a André Gide, companheiro de geração. Gide e Valéry trocaram seiscentas cartas e é estranho que sejam tantas, porque um não podia ser mais diferente do outro. Entre outras coisas, Gide se animava e até se excitava ao ler os outros, enquanto para Valéry aquilo que os demais escreviam chegava inclusive a incomodá-lo, quando não o ofuscava, e só aceitava lê-lo como uma ratificação de seu próprio pensamento. A questão é que, em suas cartas a Gide, Valéry reiteradamente manifestou suas reservas em relação aos romancistas, tanto quando contavam histórias com habilidade como quando deliberadamente não contavam nada ou eram daqueles que deixavam um pérfido — ou às vezes bem simples — fio solto na narrativa.

Os narradores! Como Valéry poderia apreciá-los se sentia que haviam injetado em suas veias um desconforto sem fim, até o ponto em que, a cada dia, via com maior repugnância a *atividade de relatar*? Valéry costumava não suportar os romances e, em um parágrafo que na época rodou a França, disse *não ter sido feito para eles*, pois "suas grandes cenas, cóleras, paixões e momentos trágicos, longe de me entusiasmar, chegam-me como míseros estalidos, estados rudimentares em que toda ignorância se desata, em que o ser se simplifica até a estupidez".

24

— Paris — digo de repente, acreditando que essa palavra é suficiente para expressar todo um estado de ânimo. Mas dizer Paris é dizer tudo? Talvez me engane ao pensar assim, ou talvez não esteja tão errado, porque Paris, para mim, é Beckett quando começou a dizer tudo e se empenhou em não parar de andar sem mover-se pelo caminho de *Finnegans Wake*, como fazem os personagens de *Esperando Godot*:

Vladimir: E então, vamos embora?
Estragon: Sim, vamos.
Não se movem.

— Paris — digo a mim mesmo. — Lugar estável, imóvel, intangível.

O mais estranho acontece mais tarde, quando repito à horrorizada Moore aquilo que tanto a enfureceu, digo que não acredito de forma alguma no mundo interior, e acho que só lhe digo isso para prejudicar a mim mesmo, não encontro outra explicação.

Não me movo de onde estou, disposto a confrontar minha responsabilidade.

Aguardo a tempestade. E reparo que me deixei levar por meu diabo Vauvert interior e pelos desejos de minar a calma e a estabilidade do momento. E consegui. Nota-se, ao olhar para Moore, que ela acaba de confirmar plenamente que encontrei mais defeitos em seu livro do que era de esperar.

E talvez por isso, porque registrou perfeitamente que, na verdade, meio em segredo, mas também me delatando, discordo de alguma passagem de *La Concession française*, ela se fortalece em alguns momentos. Além, inclusive, do previsível, o que me leva a supor que minha melhor amiga — aquela que, para mim, é "minha amiga de gênio" — poderia agora levantar-se e ir embora.

E, no entanto, nada disso acontece. Comprovo pouco depois, quando vejo que ela vai ficar onde está, maravilhosamente estável, imóvel, intangível, como Paris, permitindo-me lembrar como um dia descobri que podia permitir-me paixões de ordem intelectual, secretas, como aquela que, conforme avanço neste texto, cresce em mim em relação à escrita de Paul Valéry, e também a seus intempestivos horários para desenvolvê-la, sempre sujeitos a um rigor de outro mundo.

Daria qualquer coisa para um dia caminhar por alguma rua de alguma cidade do mundo e encontrar alguém que venha a meu encontro para me dizer que entender o que escrevo lhe está custando mais a cada dia. Seria genial ouvir isso, porque me permitiria ser Valéry por alguns segundos na vida e responder à reclamação com as mesmas palavras que ele disse a seu amigo, o abade e crítico literário Bremond, quando este o repreendeu por tal motivo. Valéry olhou o clérigo de cima a baixo e lhe disse que precisava compreender que ele não se levantara a vida toda entre quatro e cinco da manhã para escrever trivialidades.

25

— Paris — digo a mim mesmo. — Lugar estável, imóvel, intangível.

Ontem à noite despertei me lembrando do momento em que, no dia anterior, disse Paris e acabei emocionado ao pensar na figura intelectual de Valéry, figura fria com a qual me aquecera muito.

Ontem à noite — talvez seja melhor dizer às cinco da madrugada, só me falta um xale —, imaginei rastros de antigos animais, pegadas de insetos na neve de Roma, luzes e vazios da idade de Reykjavik, teias de aranhas em pleno deserto de Sonora. E depois fiquei agitado, como se me tivesse antecipado a algo que não sabia como cristalizaria se algum dia chegasse a ser algo. E acabei pensando no "fantasma do escritor" de que Barthes falava. Era um espectro, dizia, que aparecia para determinada juventude francesa e que praticamente desapareceu quando começou a ser raro, na França, achar um adolescente que se impressionasse ao encontrar um escritor sentado em um café e pensasse que um dia gostaria de ser como ele.

E Barthes se lembrava de muitos jovens da sua geração que, deslumbrados pelo "fantasma do escritor", e não por sua obra, tinham a ambição de ser esse tipo de fantasma e não copiar a obra, mas as ações da vida cotidiana, aquele jeito de passear pelo mundo, evocava Barthes, com uma caderneta no bolso e uma frase na cabeça, "como eu via Gide, circulando pela Rússia ou pelo Congo, lendo os clássicos e escrevendo suas notas no vagão- -restaurante enquanto esperava os pratos; como eu realmente o vi, num dia de 1939, no fundo da brasserie Lutetia, comendo uma pera e lendo um livro".

Para Barthes, esse fantasma bastante antigo de "querer ser escritor" nasceu de um notável equívoco, porque tentava impor- -nos a figura do autor da obra literária tal como alguém poderia vê-lo em seu diário íntimo, ou seja, fazia-nos ver *o escritor menos sua obra*: forma suprema do sagrado, a marca e o vazio".

De um lado, então, naqueles dias dos quais falava Barthes, o escritor sem obra estaria lendo um livro na brasserie Lutetia sob o olhar de ninguém, mas com algum jovem a observá-lo à distância, seguramente ansiando comer a mesma pera, mas tal- vez ignorando que, quando chegasse a hora da escrita, só lhe restaria escrever.

E não foi isso que casualmente me ocorreu com Mastroian- ni quando eu tinha quinze anos e o vi interpretar o escritor Pon- tano em *A noite*, de Michelangelo Antonioni? Tudo indica que quis ser como ele ou, melhor dizendo, *quis ser ele*, esquecendo- -me de que, para isso, precisava primeiro escrever e, além do mais, não bastava "passar a vida como escritor". Mas é que na- queles dias eu ainda ignorava que escrever exigia, além do mais, "deixar de se passar por escritor" e, também, apagar-se totalmen- te por trás da própria escrita.

63

26

Então teríamos, de um lado, Pontano *menos sua obra* com uma pera na mão, a seco, inclusive sem faca para a fruta, o mais parecido possível com um escritor fantasma. E, do outro, uns quantos "escritores franceses", nem sempre franceses, mas todos escritores verdadeiros, atentos à *discipline de l'esprit*, que é sempre instável e móvel, mas apropriada para não precisar instalar-se, mesmo que seja um escritor francês, em lugar nenhum, nem sequer em Paris.

CASCAIS

Depois de viver em Paris, é impossível viver em qualquer lugar, inclusive em Paris.

John Ashbery

1

Assim que terminei o fragmento "Paris", que o leitor possivelmente acabou de ler, passei três anos sem escrever nada, absolutamente nada, à deriva. Assim que parei de escrever, começaram a *acontecer coisas* comigo; isso foi bem estranho. Não que antes não acontecessem coisas, mas as que começaram a acontecer quando deixei minha escrivaninha tinham um ponto em comum: reuniam todas as condições para serem narradas, e até o exigiam, quase o pediam aos berros.

E aqui estou, voltei. Torno a me sentar diante da escrivaninha, como se três anos não fossem nada. Deixo para trás meus embates contra o narrável, contra o narrativo, contra o narrado, contra as tramas. Deixo para trás também o fragmento "Paris", que me anulou como escritor por três anos, talvez porque tentei emplacar a *biografia do meu estilo* para ver aonde me levava, e ela me conduziu a um beco sem saída.

Está claro para mim que me lancei muito *de cabeça* no

mundo de Paul Valéry, e fui obrigado a buscar aforismos e pensamentos para burlar *a atividade de relatar*: algo para que, além de suspeitar que não me convinha, não me sentia preparado. Mas talvez também, quem sabe, o que venho chamando para mim mesmo de *colapso Valéry* tenha sido apenas um milagre que melhorou minha vida: uma intuição que me conduziu, a tempo, à admiração por Valéry e que era justamente o lugar detectado tão sabiamente por Julien Gracq em um de seus comentários sobre Valéry — "Seu drama foi o da extenuação ultrarrápida do poder criador pelo exercício da inteligência analítica".

O fragmento "Paris" ia ser o primeiro capítulo de um livro, já definitivamente descartado, que pretendia abordar a totalidade da história do meu estilo e que eu queria iniciar com uma citação inevitável de Nabokov: "Mas a melhor parte da biografia de um escritor não é a crônica de suas aventuras, e sim a história de seu estilo".

A frase nabokoviana não podia coincidir mais com o que eu pensava, mas a vida toda fui uma pessoa indecisa, então não consigo deixar de pensar que uma variante poderia ter sido esta tão maravilhosamente modesta de Flaubert: "Na minha pobre vida, tão plana e tão tranquila, as frases são aventuras".

Pensava eludir, justamente com o fragmento "Paris", a clássica crônica banal das aventuras de um escritor. Mas me atrevo a dizer agora que, felizmente, as *valeryanas*, como costumo chamar as páginas do final de "Paris", acabaram complicando tudo.

Céu limpo esta manhã em Barcelona. No rádio, "Stumblin'in", uma faixa que me anima imediatamente de um modo tão extraordinário que me digo que isto não vai mais parar. Que curioso, penso, que no final, no beco sem saída, haja música e, sobretudo, haja saída. E, eufórico como ando, vejo-me capaz de narrar os diferentes acontecimentos pontuais que, de quarto em quarto, de porta em porta, rodando pelo mundo, foram levando-me até a porta nova que se abria, que dava precisamente nestas páginas.

2

Uma bela manhã, não muito depois de o fragmento "Paris" me anular como escritor e tendo aceitado um convite do produtor português Paulo Branco para o festival de cinema de Lisboa, vi-me chegando de repente à cidade de Cascais, em Portugal, de frente para o imenso azul do Atlântico.

Antes ainda de deixar minha mala, reconheci, no luminoso terraço do Miragem Hotel, Jean-Pierre Léaud, o duplo de Truffaut, o inesquecível Antoine Doinel de *Os incompreendidos*, o encantador jovem de *Beijos proibidos* e o não tão encantador jovem de *Week-end à francesa*, de Godard.

Não me atrevi a importuná-lo por causa da insegurança que eu arrastava desde que havia parado de escrever e sentia que não era ninguém. E também porque o ator, que havia encarnado o lado mais artístico e rebelde de minha geração, provocava verdadeiro terror — mais do que da outra vez, quando o vira pessoalmente em Paris — com seu olhar totalmente cravado no mar e porque, além disso, era necessária uma coragem especial para, como eu desejava, plantar-se na frente dele e perguntar-lhe, imagino que com um misto de respeito e medo, se ele se incomodaria que eu o fotografasse.

Meu primeiro impulso foi fotografá-lo para me deleitar com algo tão insólito como estar diante do menino de *Os incompreendidos*, com quem, mais de meio século antes, eu tanto me identificara; especialmente quando, no final do filme de Truffaut, ele olhava para a câmera, com o mar ao fundo.

O senhor é muito humilde, mas seu celular de última geração, nem tanto, imaginava que Léaud pudesse dizer-me se eu avançasse em sua direção e, com o tom de voz mais educado possível, perguntasse se podia roubar-lhe uma imagem. De modo que, com máximo de prudência, nem me mexia, não avançava nem um centímetro, só o olhava e estudava a uma certa distância. Numa mesa próxima, a três metros de onde eu estava, David Cronenberg e Adam Thirlwell conversavam.

Tive a impressão de que naquele terraço, abarrotado àquela hora, não havia quase ninguém que não fosse convidado do festival de cinema. E lembro que, como em minha juventude havia lido muito *Cahiers du Cinéma*, fiquei impressionado de ver um mito daqueles anos num canto daquele lugar cheio: o polonês Jerzy Skolimowski.

No entanto, considerando que os via como se estivessem no melhor momento de suas vidas, e por causa de meu vergonhoso bloqueio e do complexo que arrastava por ter-me transformado em uma escandalosa nulidade, eu estava muito consciente de que estar entre eles não me animava muito a falar com ninguém, inclusive estava convencido de que ficaria angustiado se tentasse.

Naquele dia, naquele lugar, como tantas vezes me aconteceu, emoções contraditórias passavam pela minha cabeça. Pensava às vezes que minha vida, nos últimos meses, desde que "Paris" me deixara inativo, tampouco havia sido ruim: me acostumara a viver dias sempre iguais, sem escrita, dias que, para alguns, podiam ser maravilhosos porque, se pensasse bem, pareciam-se muito com os finais tranquilos de romances sem importância.

3

Até que me dei conta de que podia dirigir-me a Adam Thirlwell, não só porque o conhecia, mas também porque podia considerá-lo amigo. E porque, além disso, ele não tinha como saber que a síndrome Rimbaud de *Virtuosos da suspensão* me atacara.

Quase interrompi o que Thirlwell dizia a David Cronenberg, que, para mim, antes de tudo, era o autor de um thriller psicológico de atmosfera demente, *Spider — Desafie sua mente*, que, apesar de não ter nada a ver com Joyce, Beckett ou Dublin, inspirou-me, por seu retrato de um jovem louco, no leste de Londres, enredado numa teia de aranha cerebral, um conto curto que, uma vez publicado, tornou-se a origem de meu romance *A baía de Dublin*.

Comentei com Cronenberg e Thirlwell que a seriedade extrema de Léaud me provocava tanto terror que nem sequer me atrevia a fotografá-lo de frente. Lembro muito bem que Thirlwell sorriu e me indicou que ele próprio ia posicionar-se num primeiro plano diante da ultramoderna câmera do meu celular e numa tal posição em relação a Léaud que este, ainda que em miniatura e no fundo de tudo, acabaria entrando, sem nem ao menos perceber, no enquadramento da fotografia que eu tirasse. Que tirei. Que ainda conservo, que tenho a meu lado enquanto escrevo isto.

Horas mais tarde, António Costa e Paulo Branco me contaram que, afora tê-lo capturado em minha fotografia, naquela noite eu teria Léaud como vizinho de quarto. Não dei maior importância àquilo. Jantei com os jovens filhos de Paulo Branco e seus amigos e, depois do jantar no hotel, peguei o elevador e subi ao terceiro andar, até meu quarto.

Por volta da meia-noite já estava deitado e bem tranquilo e, com a vista posta na televisão desligada, ouvia ao fundo o sereno rumor das ondas. Buscava teimosamente ideias para um ensaio — ainda estava obcecado com isso e nem podia suspeitar quanto iria durar meu bloqueio — ou, na sua falta, ideias para preencher minha vida com alguma coisa e enganar a sensação de vazio que já notava que me ameaçava: um regresso aos anos adolescentes, quando lutava contra o nada, talvez porque não acontecesse nada.

Mas na realidade não achava que fosse encontrar nada e o que na verdade me interessava, e já me contentava com isso, era que a própria busca — substituta, em mim, daquele velho truque de contar carneirinhos, que jamais me fora útil — me ajudasse a dormir.

Estava deitado e perfeitamente sem ideias, mas tranquilo no meu quarto, perguntando-me, pela primeira vez, como é que ainda podia acreditar que minha saída do bloqueio seria ensaística. E nisso ouvi a primeira cascata de gargalhadas de Jean-Pierre Léaud. Era a última coisa que podia esperar. Risadas que irromperam no silêncio de um modo, eu diria, premeditadamente escandaloso, como se precisassem ser obscenas para que não houvesse muita dúvida de que estavam ali, dispostas a impedir meu sono ou a concentração no cada vez mais improvável futuro ensaio.

Que diabos teria levado Léaud a rir daquela forma tão chocante, considerando que, de manhã, eu o vira especialmente severo no terraço defronte ao mar? Havia, por acaso, intuído que eu era a mesma pessoa que um dia estivera no Les Deux Magots e isso o fazia suspeitar, àquela hora da noite, que eu era seu vizinho e rir sem parar, como um condenado? Não tive nem tempo de descartar essa possibilidade tão disparatada porque logo brotou a segunda cascata de gargalhadas, de menor força, mas igualmente irritante em sumo grau.

Na falta de qualquer informação que me permitisse saber o que estava acontecendo, comecei a especular, a imaginar que ele estava sonhando que era Nikolai Stepanovich Gumilev. Então vou perdoá-lo, pensei, porque certamente está em pleno sonho antileninista e porque, além do mais, acredita que é o grande Gumilev, de quem a única coisa que sei, embora seja mais do que suficiente para mim, é que acabou assassinado pelos seguidores de Lênin. Pelo visto, durante o interrogatório nos obscuros escritórios do comissário, na câmara de tortura, nos corredores sinuosos que conduziam ao furgão policial, no furgão que o levou ao local da execução, e nesse mesmo lugar, com a terra revolta pelos pés pesados de um pelotão sombrio e inábil, o poeta Gumilev não parou de rir.

Sabe-se bem que o riso é o fracasso da repressão, mas talvez não se saiba tão bem que o riso de Kafka, elevando-se sobre qualquer tipo de repressão, recordava o farfalhar tênue do papel. Foi justamente esse registro, esse mesmo persistente farfalhar, que naquela noite, na escuridão de Cascais, as quatrocentas risadas de meu vizinho emitiram, sem compaixão; risadas solitárias, por outro lado, porque tudo indicava que ninguém mais participava daquela festa privada no quarto contíguo.

E é possível que também tenha sido esse farfalho o que acabou fazendo com que eu não tardasse a imaginá-lo revivendo também um episódio real da Praga do entreguerras, aquele em que um jovem Kafka não conseguiu conter sua incontrolável risada no ato oficial em que seu chefe, o presidente da Companhia de Seguros de Acidentes de Trabalho, nomeou-o algo como "novo técnico do Instituto".

Até onde sabemos, foi um momento complicado para o jovem Kafka, que pretendia apenas agradecer a nomeação a seu chefe, ao amigo de seu pai e representante direto do Imperador, mas viu tudo entortando, inclusive suas boas intenções, porque, quanto mais tentava reprimir sua incontrolável cascata de gargalhadas, mais difícil era controlar sua desaforada mandíbula frenética.

4

Estava imaginando Jean-Pierre Léaud rindo e, neste momento de um modo verdadeiramente desaforado — sorte, pensei, que só imagino essas novas quatrocentas risadas —, quando me chamou a atenção o profundíssimo silêncio que caíra sobre o Miragem, sobre meu quarto e até sobre o quarto contíguo. Aproveitei para compor ou, melhor dizendo, tentar compor mentalmente um aforismo sobre a insegurança de minha situação. Já estava quase pronto, embora não me convencesse, sobretudo porque se parecia cada vez mais com um de Lichtenberg, para não dizer que era idêntico: "Onde a mosca está mais segura? No mata-moscas".

Nisso irromperam de novo as risadas, como se quisessem gargalhar de mim e do incipiente aforismo e de minha vocação ensaística agora definitivamente frustrada. Essas risadas eram diferentes das que ouvira até então, risadas meio desarticuladas e mais suaves que as anteriores e que pareciam sobretudo querer recordar o farfalhar tênue do papel. Por um instante, pensei que Léaud tinha visita.

5

A altas horas da madrugada, quando as risadas do quarto contíguo estavam em completo silêncio havia exatamente uma hora, voltei a lamentar a insônia que enfrentava. E não podia mais culpar Léaud, de maneira que comecei a tentar ver-me *de fora*, como se estivesse observando-me da varanda do meu quarto, e acabei vendo como na verdade eu era naquele exato instante, naquele quarto de frente para o Atlântico: um indivíduo reduzido, pelas mais incontroláveis forças da noite profunda, ao mais puro terror, e em pleno e grandioso ridículo cósmico por ter-se metido num pijama de listras verdes que, em contraste com o azul atlântico, era de péssimo gosto.

Tentei pensar em outras coisas, mas eram tão ridículas quanto o desafortunado pijama e achei que, se depois de pensar nelas, brotasse instantaneamente uma terceira cascata de risadas da parte do vizinho, eu não conseguiria afastar da cabeça a suspeita de que ele estava rindo exatamente do que eu pensava ou, melhor, do que pensava que eu estava pensando.

Cheguei a me propor a não pensar em nada, para evitar uma nova cascata de risadas. Depois disse a mim mesmo que se Léaud precisava rir, que pelo menos fosse de algo dito com a intenção de ser risível. Fabriquei algo para me divertir e que beirou o desastre: "Parece que falo e não sou eu, parece que falas de mim e não é de mim, estou só, sou um pijama, morro por ti". Decorei, como se tivesse de recitá-lo no meio da noite, e acabei reparando que o "morro por ti" denunciava que eu não apenas era um escritor bloqueado, mas também tinha outros problemas. Porque eu não me referia a morrer por amor, ou pela pátria, ou simplesmente a morrer por coisa alguma, mas a morrer pela vergonha de usar um pijama que não combinava bem com um oceano. Quem, a não ser um idiota, podia pensar em algo assim?

Deus do céu, pensei, seria bom eu voltar a assuntos mais elevados, e se Léaud voltar a rir que pelo menos seja de algo com maior substância. E fabriquei a toda velocidade uma frase deliberadamente reflexiva. Também não houve risadas. Brinquei de me colocar na pele do pobre presidente da Companhia de Seguros de Acidentes de Trabalho de Praga. E o imaginei fazendo um discurso tão penoso quanto aquele que fez Kafka rir tanto, mas ligado aos nossos dias; imaginei-o dizendo: "Que mudanças em nossa percepção do mundo ocorreram ultimamente? Conseguimos captar alguma? Há algo que está claro para mim, ou acho que está: todos os nossos sistemas filosóficos, e também as nossas construções, inclusive as tecnológicas, foram erigidos para criar algum tipo de sentido, o que, como todos sabemos, não existe".

A risada endemoniada do tio de Kafka, transformado em pastor de ovelhas, preencheu todo o meu quarto. No cômodo ao lado, um silêncio suspeito e profundo.

Entrei, como se, sonâmbulo perfeito, tivesse saído à minha varanda, em palavras inseridas por Herman Melville num contexto que desconhecia e que, por outro lado, pouco importava qual fosse, porque, diferente daquele enfadonho "acho melhor não", era uma frase que funcionava melhor sem um tecido textual concreto, uma frase que tinha a graça de, ao menos para mim, manter-se inexplicada por toda a eternidade:

"O mal-intencionado Diabo sempre me sorri com escárnio enquanto deixa a porta entreaberta."

Desse jeito, pensei, não vou dormir nunca.

(Terceira cascata de risadas soltas de meu vizinho.)

6

Se na minha vida houve um episódio que me pareceu totalmente *inenarrável*, foi o que aconteceu em Almeria, num acampamento militar, um ano antes de eu aterrissar pela primeira vez em Paris. Percebi logo — o que se segue, por ser tão inenarrável e, portanto, difícil de transmitir, é apenas uma aproximação não muito precisa do que vi — uns clarões que me remeteram a pontos de conexão entre o passado e o presente e também a focos interconectados de espaço e tempo, cuja topologia tive a impressão de que jamais compreenderia, mas entre os quais, como uma certeza longínqua, mas possível certeza, notava-se que os chamados vivos e os chamados mortos podiam viajar e, dessa maneira, conseguiam encontrar-se.

Voltei muitas vezes a esse episódio em ocasiões nas quais encontrei experiências de outros que me recordassem, mesmo que de longe, a minha. Certa vez, encontrei o mais próximo do que queria contar, e não me considero capaz de narrar com a plenitude que gostaria, numa entrevista em que W. G. Sebald dizia que fora a um museu londrino ver dois quadros e que, atrás dele, também olhando para os quadros, havia um casal conversando num idioma centro-europeu (húngaro ou polonês, não sabia dizer qual), um par de aspecto estranho e que, não apenas por sua forma de vestir, não parecia da nossa época. Cinco horas depois, o escritor precisou deslocar-se até a estação de metrô mais periférica de Londres, que, como se sabe, é uma cidade de mais de dez milhões de habitantes. Na plataforma daquela estação não havia ninguém, salvo o casal do museu. Sebald concluiu que as coincidências não eram casuais; pelo contrário, em algum lugar havia uma relação que de vez em quando brilhava através de um tecido esgarçado.

7

Mas será que eu realmente desejava voltar a narrar histórias numa época em que a arte de viajar e especular pelas regiões do tecido esgarçado, cuja identificação com a literatura não me parecia difícil, achava-se em plena liquidação, substituída pela épica do transinfantilismo, da sórdida ambição dos arrivistas, da sinceridade impossível de certa *não ficção*, dos "escrevedores" de porcarias sem a menor experiência literária, e de tantas e tantas outras tendências narrativas, impulsionadas pela Internacional da Usura?

Era para se desesperar? Para soltar fogos não era, então eu tinha a impressão de que o mais razoável devia ser a via do desespero controlado. Um exemplo desse controle: para reafirmar minha deriva fora da escrita, bastava ler a manchete de uma notícia que dizia que, em Nova York, Fran Lebowitz ganhava notoriedade a cada livro que não escrevia.

Isso me bastava para passar feliz o resto de um dia. Porque me alegrava, e ainda mais desde que intuí que o caminho oposto ao da alegria poderia fazer-me acabar como meu amigo e colega, o pobre Kurt Kobel, escritor de Leipzig que nunca escondia que estava perdido e que, havia não muito tempo, enviara-me de Berna a Barcelona uma desoladora carta — significativamente propícia, pensei ao lê-la — para que eu me negasse a me desesperar de verdade. Kobel a escreveu da casa, hoje museu, em que nasceu o primeiro filho de Einstein e onde este, apesar de um gato doméstico ter rasgado os papéis cheios das mais promissoras fórmulas, elaborou a teoria da relatividade.

Kobel havia ido a essa casa, pelo que me disse com humor triste, para ver se conseguia contaminar-se com algo do gênio de Einstein. Em sua carta terrível, terminava dizendo, caso não tivesse conseguido deprimir-me com suas linhas anteriores, que nossa época era como um recipiente de água que colocamos para ferver aos borbotões e que está cheio de gente que ignora que podemos dissolver-nos nela, e esse é o verdadeiro espírito dos tempos.

Desde que recebi essa carta, o espírito dos tempos tornou-se presente na minha vida, tentando afundar-me, submergir-me no desespero, e que, em um momento de extrema loucura, eu matasse algum vizinho de quarto de hotel que ridicularizasse tudo que eu, contando carneirinhos metafísicos, estivesse pensando.

Pouco depois de pensar nisso, posicionei minha orelha direita na parede que me separava do quarto ao lado. Não ouvi nada e acabei perguntando-me que tipo de susto com aquele pensamento criminoso havia pretendido dar em Léaud se, no fundo, por mais que suspeitasse, sabia que era impossível ele prestar atenção no que eu pensava.

Como não voltei a escutar o mais ínfimo risinho nervoso — simplesmente sonhara ter-lhe passado uma advertência e um susto mortal —, nem notei nenhum sinal de que estivesse vivo em seu quarto, compreendi, aceitei, que não podia existir conexão entre ele e o que eu pensava.

E nesse exato momento, santo deus, explodiu a quarta cascata de gargalhadas.

8

Procurei afastar a tensão que as persistentes risadas provocavam e, enquanto tentava alcançar um bom sono, empenhei-me em inventar "o jogo do *Je est un autre*", que, no fundo, tinha algo de medida de choque para não sofrer quando começassem — mais cedo ou mais tarde isso ocorreria — a querer saber por que diabos eu não escrevia mais. O *Je est un autre* me permitia ser *outro* sem deixar de ser eu, ou seja, dava-me a oportunidade de responder por que não escrevia com uma frase que teria dito o personagem mundano que eu associasse à forma utilizada por quem me fizesse a pergunta. Por exemplo, se um dia na rua um leitor se aproximasse e questionasse se eu já havia averiguado por que estava sem escrever, e o fundo dessa pergunta me remetesse ao que tentavam perguntar ao astronauta Armstrong quando ele voltou da Lua — queriam saber se ele havia averiguado por que estávamos aqui ou de onde vínhamos —, eu me colocava no lugar do *outro*, neste caso de Armstrong, e respondia o que ele costumava dizer e que deixava sem ação o curioso impertinente:

que eu era simplesmente um técnico que, junto a outros, conseguira que o homem pisasse na Lua, mas não me atrevia a afrontar questões que não eram da minha especialidade.

O que naquele momento eu não podia imaginar era que essa oportunidade de inaugurar o *Je est un autre* chegaria tão cedo, já no dia seguinte, no aeroporto de Lisboa, porque tive que regressar com máxima urgência a Barcelona. Quando estava embarcando no avião, abalado pela notícia que meu irmão me havia dado, atravessou meu caminho uma antiga namorada, Lisa Barinaga, que me atacou para perguntar, quase à queima-roupa, o que eu estava escrevendo naquele momento e se era sobre "a muito linda" Lisboa.

"Linda" não era a palavra, pensei. Poderia ter-me esquivado daquele adjetivo e ainda mais do que ela perguntava, mas meu estado de ânimo não permitia que eu ficasse indiferente às bobagens. E como ela era particularmente aficionada à arte moderna e até seu vestido e sua voz tinham esse tom moderno, disse literalmente o que Duchamp respondeu ao escultor Naum Gabo quando este lhe perguntou por que havia deixado de pintar. *"Mais que voulez-vous?"* — disse Duchamp abrindo os braços —, *"je n'ai plus d'idées."* (Mas o que você quer? Não tenho mais ideias.)

Lisa Barinaga ficou atônita, talvez pela rapidez com que lhe respondi e pela maneira como abri os braços. Fiquei inclusive tentado a lhe pedir desculpas. Mas o demônio que carregava dentro de mim me levou mais longe e fiz Duchamp dizer, porque sob todos os ângulos naquele momento eu era ele, palavras ainda mais encenadas:

— O que posso fazer, Lisa? Nem uma linha por dia. Escrevi o fragmento "Paris" e pifei, sem *olho mental* e sem poder continuar, sozinho com meu xadrez e meus passos na Lua.

Pensei que ela ia pedir explicações sobre o *olho mental* e o fragmento "Paris" e o xadrez e os passos na Lua, e que talvez quisesse saber o que exatamente eu entendia por *continuar*, mas, em vez disso, surpreendeu-me ao recomendar que levasse em conta que as emoções que persistem no tempo eram sempre raras e, se ainda por cima não eram emoções minhas, como obviamente era o caso, pois acreditava conhecer-me bem e estava segura de que eu havia falado pela boca de outro, levavam à sua rotunda impressão de que minha resposta havia sido embaraçosa.

Dito isso, saiu correndo ou, melhor dizendo, optou por sair correndo, deixando Duchamp perdido, derrotado no xadrez da vida e, ainda por cima, no xadrez da Lua e sem direito a réplica.

Não me saí muito bem, disse a mim mesmo, preciso aperfeiçoar o jogo.

9

Enquanto ouvia a quinta sequência de gargalhadas do meu vizinho, do ícone da minha geração, pensei: gostaria de saber o que se pode fazer neste mundo com o fardo tão pesado de posicionar-se contra as tramas dos romances.

E mais tarde, já sem as risadas, pensei: é claro que continuarei sem saber que diabo é tudo isto — o mundo, esta rocha circular em que viajamos a toda velocidade, sem nenhum motorista, montados na maior das loucuras e onde um dia estamos com nosso amor e no outro, numa tumba fria.

Pensei: o fragmento dedicado a Billie Holiday é o único que eu salvaria de *Virtuosos da suspensão*. Porque continuo amando o tom destrutivo que a arte de Billie foi adquirindo, tão comum às pessoas de talento extraordinário — Cézanne, Morandi, Nabokov, Borges — e que, por isso mesmo, costumam ver-se condenados a repetir os momentos culminantes de sua inspiração.

Pensei: deveria ficar em pé agora mesmo, isto é, *elevar-me* e escrever pelo menos uma linha, ainda que fosse a primeira frase de uma carta; já que não consigo dormir, pelo menos escrever algo sublime, por mais que já não escreva...

(Ruído estranho no quarto contíguo, como se algo indescritível, por ser invisível, estivesse despertando.)

Pensei: se um dia voltasse a escrever, meu livro trataria de um assunto invisível. O leitor notaria que eu jamais perdia o assunto de vista, mas não me estendia sobre ele, talvez o tomasse por subentendido e indescritível, e nem o nomearia, deixando que planasse sobre os leitores, que sobrevoasse o núcleo duro do assunto, tão invisível, mas tão presente o tempo todo, justamente por ser indescritível.

Pensei: dançar, levantar-se, espetar, sou capaz até de saltar para a outra varanda e aferroar.

(Risadas que, por um momento, deram-me a impressão de que jamais parariam.)

Pensei: não me importaria voltar a ouvir, agora mesmo, as risadas, que elas regressassem com seu mistério intacto, incontroláveis, secretas, mais suportáveis que a vida, sem engarrafamentos nem horas mortas, avançando como trens na noite, puro farfalho de papel.

(Risadas com muita tosse)

Pensei: não parece gostar do poético, ainda que tudo indique que o acha engraçado.

Pensei: saia para a varanda e veja o que ele está fazendo na varanda dele.

Pensei: e se, da minha varanda, eu acabar vendo um deus, homem ou animal descritível, de rosto assombroso de vizinho francês sem boca, mas com risada e com olhos esmagados e rodeados por manchas escuras e brilhantes?

(Silêncio profundo)

Pensei: e se meu vizinho for um elefante?

(Mais silêncio)

Pensei: virou um verdadeiro mistério saber quando as risadas chegam e quando desaparecem.

(Mais silêncio)

E não pensei duas vezes, tinha que passar à ação, então saí para minha varanda, mas de lá não dava para ver nada do quarto contíguo, nem mesmo se a luz estava acesa.

A clássica separação com plantas artificiais impedia qualquer visão possível da varanda e do quarto ao lado. E tive um sobressalto ao encontrar, entre as plantas, uma aranha de uns cinco centímetros. Uma vez, lembrei, vi na Venezuela uma tarântula-comedora-de-pássaros, fiquei impressionado e ela ficou muito gravada na minha memória. Mas essa aranha me impressionava mais, pela surpresa que era, para mim, vê-la entre a varanda de meu vizinho e a minha.

Definitivamente não a esperava, ainda que ela não tivesse nada de tarântula-comedora-de-pássaros. Cheguei, inclusive, a dar um passo para trás, até que amaldiçoei minha precipitação porque a aranha, como a planta, também era artificial. Um encantador detalhe turístico dedicado aos hóspedes por parte da direção do hotel?

10

Já estava havia um tempo sem as risadas, mas também sem pregar o olho. E me sentia angustiado, paralisado não só como escritor, mas diante do oceano, estancado na noite. E me lembrei de Liz, uma amiga de Barcelona que pouco antes vivera uma experiência parecida de angústia, mas, em seu caso, num hospital. Liz me contou que, quando a incerteza era total e não sabia se morreria ou sobreviveria, o que sentia não era medo, mas um imenso vazio. À noite não dormia e esperava com ansiedade a chegada da manhã, como se esta, com suas primeiras luzes, fosse salvá-la.

Quando eu estava notando os primeiros sinais do amanhecer, o celular tocou. Era meu irmão, com a voz muito alterada, avisando que nosso pai havia acabado de morrer. Embora ele estivesse gravemente doente, não havíamos previsto aquele desenlace tão imediato. E, apesar de meu caráter indeciso, não tenho a menor dúvida de que, sem aquela inesperada notícia ao amanhecer, agora não me lembraria tanto do ícone da minha geração, do alter ego de Truffaut e de suas quatrocentas risadas daquela noite, embora eu certamente também fosse lembrar, porque sempre registramos rancorosamente aqueles que, por um motivo ou outro, alguma vez nos impediram de dormir.

Quando meu irmão ligou, eu estava perdido numa intrincada rede de pensamentos e especulações, uma mais tenebrosa que a outra, até que num dado momento se destacou, com força própria, uma voz que me dizia que já fazia anos, muito tempo, que tinha uma ideia. E como já estava com essa ideia havia tempos, a voz dizia e dizia e repetia obsessivamente, vi como me enclausuravam, como me detinham, como me encerravam e como me asfixiavam. Agora estou melhor, acrescentava. E recomeçava. Faz anos, muito tempo, que tenho uma ideia... E como estou com essa ideia há tempos... Sempre concluía da mesma forma:

— Agora estou melhor.

Foi justo nesse ponto que o celular tocou e fiquei derrubado, sem saber como reagir. Prometi ao meu irmão que estaria em Barcelona no dia seguinte e, quando a chamada acabou, comecei a viajar mentalmente à deriva, consciente de que tudo tinha ido parar, tanto meu quarto quanto o do lado, tanto o hotel quanto o oceano, no tédio infinito daquele pátio escolar sobre o qual Robert Walser falou que, durante as horas da sesta, ficava "abandonado como uma eternidade quadrangular". Uma imagem extraordinária, porque deve ser impossível descrever melhor o nexo entre o sonho e a suspensão do tempo.

O mais curioso de tudo aquilo foi que, no velho pátio da vida daquele quarto de frente para o Atlântico, o tempo, por sua vez, rebelando-se contra qualquer ideia de suspensão, não queria parar nem por um segundo, antes o contrário, porque não houve nenhuma trégua nos acontecimentos. Uns minutos depois, como se quisesse incorporar-se ao estupor e à desorientação que tanto me imobilizavam, uma voz metálica, poderosa, *ocupou meu quarto*, alertando "a todos os hóspedes" que havia sido detectado um princípio de incêndio no hotel e que recomendavam que os quartos fossem evacuados com calma e ordem.

Não se avistava fogo nenhum da minha janela. Claro que eu não tinha acesso visual à fachada exterior do hotel que dava para a estrada da costa. Não sabia de onde vinha a voz e o mais curioso foi que, por alguns segundos, acreditei de maneira idiota que aquela voz metálica emanava do meu próprio celular. Mais que isso: cheguei a achar que a tristeza que fluíra da ligação de meu irmão havia encontrado, naquele alarme geral, um jeito de se prolongar.

Como não sabia o que estava acontecendo nem o que fazer, fui até a varanda, agora já sob a luz do dia. A aranha estava ali, bem tranquila. Nada como ser artificial para não ter problema algum, pensei. E me detive na observação do desenho da aranha: oscilava entre o mais rigoroso estilo paleolítico e a mais extrema e elétrica modernidade, uma combinação perfeita. Tudo estava calmo, não se ouvia nenhum grito de socorro. Ninguém corria, ninguém gritava antes de se lançar no vazio. O amanhecer era esplêndido, o oceano estava mais azul do que nunca, tudo estava na paz da primeira hora do dia.

E recordei uma situação parecida que vivera uns anos antes,

também em Portugal, quando, num restaurante na rua das Janelas Verdes, em Lisboa, no dia do atentado contra as Torres Gêmeas, meu pai ligou de Barcelona para meu celular avisando que havia estourado a Terceira Guerra Mundial. Volte, praticamente ordenou, como se no fundo me recriminasse por circular tanto pelo mundo e, ultimamente, tão pouco pela cidade natal.

Naquela terça-feira, ao meio-dia, acreditando que o mundo inteiro estava repentinamente ardendo em chamas, saí para o lado de fora do restaurante, e o céu, que podia ver entre as inesquecíveis palmeiras altas do bairro do Museu de Arte Antiga de Lisboa, estava tão azul e sereno, e a calma era tão imensa na rua das Janelas Verdes, que era impossível imaginar que houvesse na Terra um problema bélico de tal magnitude.

11

Meu celular de última geração era magnífico, mas podia enganar-me a qualquer momento porque, mesmo sendo ultramoderno, não tinha, por exemplo, nenhum aplicativo de alarme para hóspedes de hotel. Quando finalmente me conscientizei de que podia haver fogo a quatro metros de onde estava, no mesmo andar, perto, não pensei duas vezes e saí do meu quarto. Mas, assim que cheguei ao corredor, percebi que havia saído de pijama e parei de repente. Embora não houvesse ninguém, retrocedi, envergonhado, e voltei ao meu quarto, onde cogitei vestir-me, mas pensei que, caso o fogo fosse real, perder tempo estupidamente podia custar-me a vida, então voltei a sair de pijama, dessa vez mais tranquilo, como se andar devagar fizesse com que as listras verdes do meu vestuário irritante se tornassem menos visíveis.

Em seguida ficaria sabendo que o alarme havia sido causado por um fogo minimalista na cozinha do hotel, dotada talvez de excessiva sofisticação técnica. Mas, para descobrir isso, ainda tinha que descer a pé — bem, de chinelos — três andares e chegar à recepção, o que não foi simples. Primeiro, ao sair do meu quarto, caminhei pelo corredor até o elevador, situado no espaço central daquele andar. E ali vi, esperando para descer e ignorando-se mutuamente, Luc Sante e Jean-Pierre Léaud.

No sistema de som, tocava "Ojitos negros", canção mexicana. Gosto da melodia, pensei, mas tenho que salvar minha vida. Havia cumprimentado Luc Sante no almoço do dia anterior, organizado na praia do Guincho, e o felicitei por *The Other Paris*, seu grande livro sobre os bas-fonds daquela cidade.

Como ainda me encontrava a diversos passos do lugar em que Sante e Léaud esperavam, avancei até eles, perguntando-me o que diria ao primeiro — já o havia felicitado em Guincho — e, depois, caso tivesse a oportunidade, o que diria ao outro, ao ícone da minha geração, ao mais direto culpado de eu estar esgotado por não ter dormido.

Estava ainda a uns metros deles quando ambos decidiram, em uníssono, sem combinar, não esperar mais o elevador, talvez porque achassem que este apareceria de repente, em chamas. Vi os dois literalmente escorrerem pela porta lateral, que dava para uma escada secundária e, confiando excessivamente em minhas forças, calculei mal e cheguei muito tarde àquela porta, de modo que, quando perguntei, gritando do alto da escada, a Jean-Pierre Léaud por que ele havia rido tanto durante a noite, ele, lá de baixo, respondeu:

— *Pas du tout.*

Entendi que era sua forma de me dizer que não havia rido de nada. Ou que não havia dormido nada bem. Ou que quem havia rido era eu e lhe estava perguntando se o incomodara muito. E, ali mesmo, do alto da escada e sabendo que tinha absoluta liberdade para pensar o que quisesse, pois não teria que prestar contas a ninguém, disse a mim mesmo — foi minha modesta e secreta vingança — que Léaud passara a noite inteira rindo das infinitas doenças de que a humanidade padeceu, nos últimos séculos, por imprimir tantas frases.

Definitivamente, na falta da explicação que esperava de Léaud, encasquetei com essa doença tipográfica e voltei a colocar, no primeiro lugar das minhas inquietações, estar em Barcelona naquela mesma noite.

Em seguida, começando a descer pela escada, perguntei-me se alguma vez houve alguma explicação que explicasse alguma coisa. Porque vejamos, pensei: quem se dignou a esclarecer-nos por que no universo há algo no lugar do nada e por que, um dia, será o contrário e não haverá nada onde antes havia algo? E quem então se lembrará de que o Sol foi confundido, ao longo dos séculos, com a divindade máxima? Ou que talvez não tenha havido confusão e o Sol, tão venerado por muitas civilizações, sempre tenha sido o que nossos antepassados tanto suspeitaram que fosse?

Depois dessa última pergunta, parei no patamar do segundo andar e notei que o potencial fogo me fizera pensar no Sol. E tudo isso fez com que eu chegasse ao térreo com considerável atraso em relação a Luc Sante e Jean-Pierre Léaud. Na recepção, onde todos pareciam cansados de informar, disseram-me que não havia nada, que havia sido um falso alarme na cozinha. Pedi um táxi para o aeroporto, mas reagiram como se não tivessem ouvido. Estava fora de mim, parecia que o pijama impedia todo mundo de se incomodar em escutar o que eu dizia. Ou que eu não poderia ir ao aeroporto porque estava de pijama. Meu pai morreu, voltei a intervir, e fui eu quem incendiou a cozinha, como protesto pela existência do escandaloso quarto contíguo que tive que suportar nessa noite.

Pediram que eu repetisse mais devagar o que havia dito. Que meu pai morreu e quero um táxi, disse um pouco mais calmo. Para o aeroporto, acrescentei. E sempre me lembrarei daquele momento, quando olhei lentamente ao meu redor. De Jean-Pierre Léaud, não restava nem sombra, de modo que o mais provável era que ele tivesse ido imprimir gargalhadas. Já Luc Sante tivera tempo até de se postar ao sol e de pedir o café da manhã. Ao me ver de novo, abriu de longe um sorriso gélido, muito frio, como se detestasse os elogios que eu lhe dedicara em Guincho.

— Que belo pijama — comentou alguém.

E preferi não me virar, só faltava que fosse Léaud, esticando ainda mais a corda.

MONTEVIDÉU

1

Há um conto formidável de Julio Cortázar em que o quarto ao lado de um quarto de hotel desempenha um papel fundamental. É "A porta condenada", que pertence tanto ao mundo da ficção quanto ao mundo real e tem como cenário a cidade de Montevidéu, no Uruguai.

Por isso, quando me propuseram, não muito tempo depois do funeral de meu pai, viajar para essa cidade, a primeira coisa em que pensei, depois de aceitar o convite, foi numa porta cega que havia atrás de um armário no quarto de hotel em que Cortázar situou "A porta condenada".

Fazia anos que eu desejava pisar no território daquele conto de ficção, ver o armário, a porta que ficava atrás do armário, a — para mim — mítica porta condenada, tentar averiguar o que acontecia quando alguém entrava num espaço de ficção que também existia no mundo real ou, em outras palavras, num espaço do mundo real que não seria nada sem um mundo de ficção, e vice-versa, e assim até o infinito.

O relato de Cortázar não poderia estar mais ligado à casa 3 e ao fecundo setor daqueles que "parecem que vão contar tudo, mas sempre deixam um fio solto". E eu me sentia muito interessado por esse "fio solto" que Cortázar deixara, convencido, como eu estava, de que não economizaria forças na hora de — iludido entre os iludidos — tentar "torná-lo meu".

Não em vão, "A porta condenada" fazia parte do núcleo central de minhas obsessões de sempre, só que era uma ideia fixa que eu nunca vira de perto. Por isso, o convite para Montevidéu, feito por um catalão chamado Sirés, era uma ótima notícia naqueles dias em que, além do mais, dado que eu havia deixado de escrever, dispunha de mais tempo para dar uma volta por alguma parte do mundo.

E, apesar de eu ser muito indeciso, não tinha quase nenhuma dúvida de que, dadas as circunstâncias pessoais em que me encontrava naqueles dias, a viagem ao Uruguai me salvaria de qualquer queda no naufrágio total.

Duas circunstâncias pessoais me orientavam acima de todas as demais. De um lado, as longas e dolorosas sequelas da morte de meu pai. De outro, o vazio que sentia diariamente, sobretudo nas manhãs, que era quando eu sempre tivera o costume de escrever e, de repente, ao deixar de fazê-lo, passava o tempo, como um idiota, no mundo da lua, lamentando ter sido tão drástico ao fechar qualquer porta que pudesse facilitar-me a volta ao campo da narração.

Apenas por uma semana me rebelei contra essa situação de bloqueio e me levantei às quatro ou cinco da madrugada, sempre com uma manta nos ombros e a ideia e a esperança de superar aquele bloqueio, ridículo de acordo com o ponto de vista provocado pelo fragmento "Paris". Embora fosse evidente que, para superá-lo, não me tivesse ocorrido nada melhor do que imitar a manta e o horário de Valéry, o que inclusive me surpreendia, porque tinha consciência de que aquilo só mostrava quão perdido eu andava pelo mundo. Mas, bem, todos temos o direito de sonhar e também o de errar. George Steiner dizia: "O que me interessa são os erros, fruto da paixão, os erros que se cometem arriscando. Que horror, santo céu, o afã de não errar!".

Acontecesse o que acontecesse, ainda não queria render-me e sonhava timidamente em repetir a viagem desse "moderno Odisseu intelectual através do labirinto de sua própria mente abismada" (Sánchez Robayna, falando de Valéry), embora o máximo a que cheguei, como era bastante previsível, foi encontrar — em apenas uma de cinco madrugadas — uma frase que julguei digna de passar para meu computador.

A frase dizia algo que, poucas horas depois, tive que apagar porque se parecia demais com uma de Valéry em seus *Cahiers*: "Rejeito com horror qualquer qualificativo que me queiram dar."

Aquele contratempo me reduziu ao silêncio de modo letal e vivi com certo desassossego o som de uma porta que, ao se fechar, não fez mais do que me devolver à primeira casa das tendências narrativas que eu mesmo havia estabelecido.

E, justamente por que de novo me sentia naquele ponto de partida, não parava de andar por Barcelona à deriva, às vezes pensando que agora só me faltava chutar pedrinhas pelo Paseo de Gracia ou me deslocar até o mesmíssimo Paseo de San Juan da minha infância para reencontrar o vazio, o exato centro da geografia da minha vida, ali onde nunca acontecia nada.

Bem, dadas as circunstâncias de asfixia na minha vida de ágrafo recente, comecei a pressentir que poderia viver alguns dias em Montevidéu de um modo parecido a como às vezes costumo ouvir o rádio: esperando a próxima canção, a canção que possa mudar um pouco, se não minha vida, pelo menos a manhã.

2

"A porta condenada" começa com a descrição do hotel Cervantes, no centro de Montevidéu, lugar onde vai se hospedar Petrone, o protagonista da história que é narrada em terceira pessoa. Alguém recomendou esse hotel a Petrone e indicou um quarto no segundo andar. O narrador, que descreve o hotel como "sombrio, tranquilo, quase deserto", insiste em destacar o silêncio que reina nele, o que significa que até os mínimos ruídos ali podem tornar-se espetaculares. Sobre o quarto de Petrone, conta que tem pouco sol e pouco ar e que o quarto contíguo — o gerente já o havia alertado quando ele chegou — é ocupado por uma mulher sozinha, que trabalha fora o dia todo e vai lá apenas para dormir.

Na primeira noite, após um dia intenso de trabalho, Petrone chega exausto a seu quarto de hotel e dorme rápido. Ao acordar, "nesses primeiros minutos em que ainda restam sobras da noite e do sonho", é incomodado pelo choro de um bebê, ainda que, a princípio, não lhe dê maior importância.

Na segunda noite, Petrone se concentra mais em seu quarto e descobre que o armário foi colocado ali para disfarçar uma porta que dá para o quarto contíguo. Novamente dorme rápido, mas volta a ouvir, dessa vez com absoluta nitidez, o choro infantil, que percebe que procede claramente do que está além da porta condenada, o que lhe permite confirmar que na primeira noite ouviu bem e que o choro não era parte de seu sonho. Em seguida, pensa que não é possível que haja um bebê no quarto da mulher sozinha. Consegue dormir, mas volta a acordar porque, além do choro da criança, ouve a mulher tentando acalmá-lo.

Na manhã seguinte, tendo dormido mal e num profundo mau humor, relata o problema do bebê ao gerente, mas este lhe assegura que não há crianças no hotel. Na noite desse terceiro dia, no entanto, o choro do bebê prossegue, ainda que ele não acredite totalmente, como se as palavras do gerente fossem mais críveis do que esse choro real que havia escutado.

Chegamos ao ponto culminante do relato, quando Petrone move o armário e deixa a porta condenada à vista. Como não lhe parece suficiente bater na parede, imita o irritante choro da criança, geme e soluça, e escuta os passos agitados da mulher no outro lado.

No dia seguinte, ainda em meio ao sonho, escuta vindo de baixo, na recepção, a voz do gerente do hotel e da mulher. Às dez, quando sai de seu quarto, vê malas e um baú perto do elevador. Ao descer, o gerente lhe informa que a senhora parte do hotel nessa mesma tarde. Na rua, Petrone percebe que está enjoado e continua pensando na questão do bebê. Sente-se culpado pela partida da pobre mulher. Pensa em regressar e pedir-lhe desculpas, mas logo desiste. À noite, ao voltar para o hotel, sente-se muito mal no quarto. Talvez esteja sentindo falta do choro do pequenino, pensa ironicamente. O silêncio vai tornando-se insuportável, parece muito espesso, e ele nota que até lhe dificulta pegar no sono. Mais tarde escuta o choro novamente e se dá conta de que a mulher fazia muito bem em consolá-lo.

3

Quando, uns anos atrás, li que Beatriz Sarlo apontava essa porta condenada como "o lugar exato em que o fantástico irrompe no conto de Cortázar", senti que reforçava meu interesse em, algum dia, viajar para Montevidéu e postar-me diante daquele "lugar exato".

"Um dia irei a Montevidéu e procurarei o quarto do segundo andar no hotel Cervantes e será uma viagem real ao lugar exato do fantástico, talvez o lugar exato da estranheza", cheguei a escrever certa ocasião, com mais fogos de artifício do que convicção, ainda que, como se sabe, a falta de convicção acabe conduzindo-nos, ainda que não esperemos, à própria convicção.

Mas não comecei a me interessar plenamente pelo assunto até ler o ensaio em que Vlady Kociancich comentava sobre a casualidade de tipo fantástico entre "A porta condenada" e "Uma viagem ou o mago imortal", um conto escrito por Bioy Casares quase nos mesmos dias em que Cortázar escreveu o seu, ambos relatos de trama muito parecida.

Kociancich dizia que se a casualidade do argumento já era rara, a presença de muitas outras coincidências tornava tudo muito mais raro. Petrone, o personagem de Cortázar, e o narrador de Bioy tinham a mesma profissão e viajavam à mesma cidade, Montevidéu (no "vapor de carreira", o mítico barco que saía de Buenos Aires às dez da noite e chegava a seu destino na manhã seguinte), e os dois ficaram a ponto de se hospedar no mesmo hotel sombrio e tranquilo.

"Petrone gostou do hotel Cervantes por razões que teriam desagradado outras pessoas", escreve Cortázar.

"Juraria que ordenei ao motorista do táxi: 'Para o hotel Cervantes'. Quantas vezes, pela janela do banheiro, que dá para os fundos, com tristeza na alma contemplei, de madrugada, uma árvore solitária, um pinheiro plantado na quadra do hotel", dizia o narrador anônimo de Bioy, que se assombrava ao ver que o táxi estacionava na frente do hotel La Alhambra.

Mas havia ainda mais coincidências. Uma vista melancólica do banheiro aparece de forma quase idêntica no começo dos dois relatos. E a coincidência está também nas vozes noturnas dos vizinhos de quarto que despertam os personagens: enquanto o choro enigmático de uma criança por trás do armário que oculta uma porta condenada impede Petrone de dormir, o donjuán fracassado do relato de Bioy sofre o castigo de um casal que copula incessantemente.

Em declarações nos anos 80, Bioy Casares falou desse tema incomum das coincidências: "Sobre Cortázar, vou contar que, estando ele na França e eu em Buenos Aires, escrevemos um conto idêntico. A ação começava no 'vapor de carreira', como se chamava antigamente. O protagonista ia ao hotel Cervantes de Montevidéu, um hotel que quase ninguém conhece. E assim, passo a passo, tudo era similar, o que alegrou a nós dois".

Por sua vez, Cortázar, que sempre falava do poder mágico dos hotéis montevideanos, disse em uma entrevista: "Eu queria que a atmosfera do hotel Cervantes aparecesse no conto porque para mim tipificava, de alguma forma, muitas coisas de Montevidéu. Havia o personagem do Gerente, a estátua que fica (ou ficava) no hall, uma réplica da Vênus, e o clima geral do hotel. Não sei quem me recomendou o Cervantes, onde de fato havia uma pecinha pequenina. Entre a cama, uma mesa e um grande armário que tapava uma porta condenada, o espaço que sobrava para se mover era mínimo".

4

Lembro-me da tarde, em Barcelona, em que, navegando na rede, descobri que o hotel Cervantes de Montevidéu, situado na Calle Soriano (a mesma em que Mario Levrero tinha seu sebo), entre Convención e Andes, continuava de pé, o que de cara significava que, provavelmente, aquela "pecinha pequenina" e o armário tapando a porta condenada seguiam ali.

Pesquisei mais — tudo que alguém pode pesquisar de casa — e me pareceu que o hotel continuava a ser "sombrio e tranquilo", embora não ficasse claro se continuava totalmente tranquilo. Em seu subsolo, como consegui descobrir, ainda se encontravam os restos do que fora a plateia do Teatro Cervantes, agora transformados em estacionamento. E o Grande Oriente da Franco-Maçonaria Mista Universal havia realizado lá, "recentemente", sua VI Grande Assembleia, "desenvolvida num ambiente de trabalho intenso, em que reinou a fraternidade, a serenidade, a tolerância e o respeito mútuo".

Algo estava claro: o hotel não havia sido restaurado e cabia pensar que tudo seguia igual ao conto de Cortázar, embora as sextas-feiras e os sábados fossem mais movimentados do que antes porque havia "trocas de casais", compareciam numerosos *swingers*, que "estão ganhando espaço na sociedade montevideana, mas o perdem em matéria jurídica".

Lembro que pensei: a troca de casais tem alguma coisa paralela ao intercâmbio de tramas nos contos de Bioy e Cortázar. E, ao ler no blog de uma jovenzinha montevideana, sem dúvida alheia a "A porta condenada", que o telefone do hotel era 900-7991 e que o lugar tinha "um merecido prestígio no assunto *swinger*, apesar de ser um lugar velho e decadente, ao qual minha prima me falou que foi uma vez com o namorado e viu uma barata e, bom, então foi à recepção e exigiu que devolvessem o dinheiro", perguntei-me quem os teria atendido na recepção, com certeza não o gerente que desmentiu Petrone sobre haver um bebê no hotel, porque, se tivesse sido ele, pensei, era bem provável que tivesse negado a presença sempre ambígua de qualquer barata.

Será que a Torre dos Panoramas ficava longe dali? Anos antes, na revista barcelonesa *El Viejo Topo,* eu havia escrito um artigo sobre ela — o primeiro sobre um tema literário —, que teve a virtude de revelar certas aptidões minhas para entronizar a poesia em uma revista política. Só por esse motivo a Torre dos Panoramas já ocupava um lugar na minha vida, mas, além disso, fiquei fascinado por ela ao adentrar, em datas posteriores à publicação do meu artigo, no mundo altamente vanguardista daquela torre diante do Rio da Prata.

Mesmo sem ter estado nela, o que eu mais apreciava e até acreditava conhecer de Montevidéu, fora a porta condenada de Cortázar, era a Torre. Eu a inspecionara várias vezes pela internet, o que, por falta de documentação, não consegui fazer com a porta condenada.

Com vista panorâmica para o Rio da Prata, a Torre, como dava para imaginar, não era mais o que havia sido, porque a diversidade de panoramas visíveis no princípio do século se vira reduzida. Por outro lado, o quartinho na edícula do terraço da Torre, onde se reunia "a tertúlia dos lunáticos", havia sido esvaziado e só restavam quatro paredes pintadas com cal branca, as mesmas que foram testemunho daquela revolução poética encabeçada pelo jovem e genial Julio Herrera y Reissig, poeta radical com fama, ao que parece, de morfinômano e renovador das letras latino-americanas. Sua família morava na Torre e ele passava as noites na edícula do terraço, onde aconteciam as reuniões do grupo, do mítico e combativo cenáculo: uma espécie tanto de "detetives selvagens" avant la lettre quanto de centro do modernismo literário da América Latina.

Naquela época, só Valle-Inclán, na Espanha, notou a renovação que vinha das mãos daquele poeta uruguaio que, de sua lendária Torre, antecipou todas as vanguardas e até, creio eu, os espelhos côncavos do beco do Gato, já contidos nestes versos visionários que, à época, deram certa visibilidade a Herrera y Reissig: "A realidade espectral/ passa através da trágica/ e turva lanterna mágica/ de minha razão espectral".

A Torre dos Panoramas, a que se mantém ali em seu terraço com menos panoramas, sussurro agora, talvez seja o lugar exato da minha realidade espectral. Sussurro e em seguida deixo que o Rio da Prata, que acho que os uruguaios chamam de Mar da Prata, porque de Montevidéu não se consegue ver a outra margem, inunde lentamente minha memória livresca: o livro, por exemplo, de Alexandre Dumas, pai, que em *Montevideo, ou une nouvelle Troie* descreveu, sem ter estado no Uruguai, a selvagem guerra que ali se desenrolou, o cerco de sete anos da heroica Montevidéu, uma guerra no estilo da do Iraque dos nossos dias, com xiitas federais e sunitas unitários em um combate atroz, cruel e interminável, que era mais ou menos incompreensível para os europeus.

5

Durante anos, pratiquei uma espécie de *saudade* secreta, uma estranha nostalgia de ultramar, melancolia de um lugar que não conhecia e para onde não tinha clareza se algum dia poderia viajar. Esse lugar era Montevidéu. Afeiçoei-me pela poesia de Idea Vilariño, nascida em 1920 na cidade, dez anos depois da morte de Herrera y Reissig. E nada é tão certo quanto o fato de que, ao lê-la, acabava muitas vezes me sentindo no centro do mundo. Tanto era assim que passei a associar o prazer extraordinário que a poesia de Vilariño produzia em mim à Torre dos Panoramas, ao cenáculo poético e espectral daquele agrupamento de lunáticos sobre o qual numa época tentei, dia após dia, saber o máximo possível. O quarto em que se reuniam tinha três metros de largura por dois de comprimento e as paredes eram cobertas de fotografias (sempre me fixava mais na de Mallarmé), imagens recortadas, em sua grande maioria, de revistas. E o mobiliário era composto apenas de "uma mesa mesquinha e duas cadeiras reumáticas". Pendurados num local bem visível: um gorro turco e dois floretes mofados.

O terraço oferecia um vastíssimo panorama; ao sul, o rio amarronzado; ao norte, o maciço da edificação urbana; a leste, a linha quebrada da costa com seus magníficos quebra-mares, e mais longe, o Cemitério e o semicírculo da Estanzuela, até o marco branco do farol de Punta Carretas; a oeste, mais paisagem fluvial, o porto semeado de *steamers* e, sobretudo, o Cerro, com seu cone cor de ardósia e suas frágeis casinhas de cal ou terracota...

Às vezes, de noite, visitava Montevidéu com a imaginação. E me espantava pensando que, naquele quartinho mínimo, naquele ingênuo mirante quase de aldeia, levantara-se a renovação literária do Uruguai e de grande parte do mundo de fala hispânica. Ao pensar nisso e analisar a porcentagem de ansiedade que havia naquelas palavras, acabava compreendendo que eu tinha uma necessidade para lá de autêntica de colocar os pés naquele quartinho minúsculo.

Em seguida, ao amanhecer, após as inspeções naquela cidade longínqua, normalmente me despedia dela com alguns versos da grande Idea Vilariño, uma especialista em adeuses, como também o era seu amado Juan Carlos Onetti, de quem se despediu em tantos e tantos poemas, tal como fizera também com seu muito admirado Darío: "Pobre Rubén, creste/ em todas essas coisas/ glória sexo poesia/ às vezes na América/ e depois morreste/ e aí estás morto/ morto".

6

Um dia, na noite barcelonesa, caminhava muito lentamente por uma rua pensando que há lugares no mundo, como a Torre dos Panoramas, onde aconteceram grandes coisas, mas hoje ninguém imaginaria, lugares que não mostram quão centrais foram à sua época. Lugares em que ocorreram mudanças essenciais para o mundo e que hoje as pessoas veem — a Torre é um abandonado quartinho vazio — e nem conseguem imaginar que um dia foram uma das formas supremas do sagrado.

Caminhava muito lentamente por essa rua de Barcelona. E num sutil ataque de loucura, ou seja, num ataque bem controlado, passei a acreditar que eu fosse um fantasma. Caminhava obliquamente. Não havia ninguém ao meu redor, o que facilitava ainda mais meus passos tortuosos. De repente, meu celular tocou e voltei ao mundo e terminou minha vida de fantasma. Uma voz rouca em Montevidéu me lembrava que eu tinha sido convidado para viajar àquela cidade e queria confirmar se, como lhes dissera, pretendia ir. Parei para me concentrar melhor no que ia responder e para que nenhum absurdo mal-entendido impedisse aquela viagem que eu tanto desejava. Quem falava era Sirés e me lembrava que esperava minha confirmação para completar a programação cultural do CCE, que ele dirigia.

Disse que sim, que não ia dar para trás. E ele passou a me dar mais informações sobre seu local de trabalho e, enquanto isso, eu não parava de pensar que ele se chamava Sirés, porque fazia muitos, muitíssimos anos que eu não ouvia esse sobrenome, mas era familiar para mim, porque era o sobrenome de um dos melhores amigos de meu pai e também uma das pessoas mais perdidas no tempo, um sujeito de quem sempre tive poucas informações (minha mãe o odiava), e só depois vim a saber que tinha fama de ser amante de algumas bilheteiras das salas de cinema da cidade. O "rei das bilheteiras", minha mãe o chamava com evidente desprezo.

Três semanas depois, chegava a Montevidéu e já no aeroporto perguntava a Sirés se ele tinha algo a ver — sabia que negaria, não podia ser diferente — com o amigo de meu pai e amante — enfatizei esse aspecto para ter certeza de que tinha ouvido — de algumas bilheteiras de Barcelona. E ele ficava estupefato.

— Bilheteiras?

Foi como se eu tivesse dito a palavra mais estranha do mundo. Inclusive mudou de voz, que deixou de ser tão rouca. Absolutamente nada a ver, disse, além de me explicar que não tinha ideia do que eu estava falando, entre outras coisas porque sua família era de Áger, na comarca de Noguera, em Lérida.

Depois de hesitar, como quase sempre fazia quando me via obrigado a decidir algo, finalmente optei por mudar de assunto e perguntar se podia visitar a Torre dos Panoramas, escondendo, assim, o objetivo quase secreto daquela viagem, que era na verdade ver a "porta condenada" de Cortázar, dormir, se possível, na "pecinha pequenina" com armário e nuvens e prováveis visitas ao pinheiro solitário que Bioy relembrava em seu conto paralelo ao de Cortázar.

A Torre dos Panoramas? Continuava intacta, ele disse, mas os panoramas nem tanto. Como já anoitecia em Montevidéu, era melhor deixar para o dia seguinte, completou. E nem me atrevi, então, a falar que eu também desejava ir ao hotel Cervantes e pernoitar na "pecinha pequenina", de modo que Sirés acabou deixando-me, na companhia de outros convidados do CCE, em um hotel bem próximo ao Mercado do Porto, na Cidade Velha.

Conheci ali Augusto Nikt, escritor e antigo baleeiro, de

quem nunca tinha ouvido falar, o que não era estranho quando se reparava que seu sobrenome polaco, traduzido para o espanhol, significava "Ninguém". Além disso, que história era aquela de antigo baleeiro? Assegurei-me de que se apresentava como Nikt, pois lhe pedi que soletrasse seu sobrenome, e ele concordou em fazê-lo. Mas, uma hora depois, já na cama e preparado para dormir, procurei informações sobre ele na internet e não apenas não encontrei como não me deparei com nenhum Augusto Nikt, o que me fez pensar que era bastante evidente que me dera um nome falso.

Havia lido Tabucchi a fundo, ele me disse, e queria dar-me os pêsames. Também havia lido Cortázar muito bem. Depois de dizer isso, fez uma pausa, como se esperasse que eu respondesse algo. Li Cortázar muito bem, repetiu. Desculpe, eu lhe disse, mas por que insiste nisso? Jamais insisti em nada, como jamais quis viver nos desertos orientais, disse Nikt. Achei tais palavras desconcertantes, porém não tive chance de conhecer mais profundamente sua personalidade porque, pouco depois, como se estivesse contrariado, Augusto Ninguém desapareceu e não voltei a vê-lo durante toda a viagem, a não ser em uma rápida ocasião, quando eu ia embora de Montevidéu e, para dizer a verdade, já era tarde demais para qualquer coisa.

7

Ao meio-dia do dia seguinte, Sirés e eu subíamos para o terraço da Torre dos Panoramas. Na entrada do antigo cenáculo, vi uma inscrição da qual já havia ouvido falar e que alguém tivera a feliz ideia de conservar, ou de restaurar. Na inscrição, advertia-se com perfeito humor herrerino: "Proibida a entrada de uruguaios".

Mas não restava nenhum outro vestígio dos tempos gloriosos. O pequeníssimo espaço físico a partir do qual a poesia de todo um continente havia sido transformada era agora um quartinho vazio e vulgar, em que não se conseguia ver nada do que havia decorado as paredes, algo que, por outro lado, era possível ver nas imagens que foram conservadas da tertúlia dos panorâmicos; justamente aquelas imagens que eu guardava bem na memória me permitiram localizar o pedaço da parede em que ficava a fotografia de Mallarmé, e com isso senti que praticamente já tinha o suficiente. Mas apenas o suficiente, não tudo, porque no fundo desejava que o quartinho tivesse um quarto contíguo, em que o tempo tivesse retrocedido um século e onde, depois de ultrapassar o controle de uruguaios, de alguma forma eu me visse subitamente envolvido na grande atmosfera de fumaça de algumas daquelas reuniões. De qualquer forma, não foi muito difícil imaginar, naquele anódino habitáculo vazio, um bando de poetas tentando loucamente trazer vigor e um novo brilho a um idioma, o espanhol, que se tornara rígido, seco, que perdera muito desde o Século de Ouro de suas letras.

Sirés deixou o piso do terraço para subir, por uma escada em caracol, até o pequeno mirante situado em cima do teto do quartinho vazio, e eu me dispus a superar certa vertigem e finalmente também subi com ele. Dali, Sirés, que parecia ter recuperado sua voz rouca, indicou-me vários pontos da cidade, entre eles a grande e suprema singularidade do Palácio Salvo, surpreendente arranha-céu art déco inspirado na *Divina comédia* e, também, se não entendi mal, há tempos desabitado.

Perguntei se havia mais arranha-céus desabitados e Sirés negou com a cabeça. O resto da cidade, na qual em certo período os franceses tiveram uma presença notável, estava mais do que habitado, e os montevideanos, logo descobriria, eram, em geral, pessoas muito amáveis, não contaminadas demais pela histeria moderna, enigmaticamente em constante luta contra o mau humor. Alguns deles sorriam lentamente, como se dispusessem de todo o tempo do mundo. As casas, o porto, as ruas, as praias emitiam sinais de uma calma incomum, memorável, que levava as pessoas a sentirem que na verdade haviam chegado a uma cidade em que se poderia, inclusive, morar.

Aqui estou em meu lugar, lembro que pensei.

E não era estranho que pensasse isso, porque vinha de Barcelona e de suas tensões sem fim, e de repente me sentia em uma espécie de, para chamá-lo de alguma forma e pensando no Palácio Salvo, paraíso dantesco.

Cedo ou tarde, disse a mim mesmo, a pulsão do paraíso chega a todos, nem que seja só por um décimo de segundo. E contei a Ricardo Sirés de minha antiga relação com Montevidéu e de como, muitos anos antes, estando de passagem por Paris, recebi a encomenda, vinda de Barcelona, de traduzir para o espanhol *L'Uruguayen*, livro escrito em francês pelo argentino Raúl Damonte Botana, muito mais conhecido como Copi e o único autor de quem havia traduzido um livro na vida: uma experiência juvenil muito útil, porque, a princípio, pareceu-me tão disparatado o que era narrado ali que achei que o estava traduzindo pessimamente quando, na verdade, só estava descobrindo a verdadeira força da imaginação e as possibilidades de qualquer história de ultrapassar todas as barreiras razoáveis. Dito de outro modo, ao traduzir *L'Uruguayen*, minha escrita se aproximou, pela primeira vez, do abismo dos panoramas mais livres.

"Aqui há palavras para tudo. Há uma para dizer 'estou no meu lugar', e esta é precisamente o nome da cidade: Montevidéu", escreveu Copi em *L'Uruguayen*. E aquela frase "aqui estou no meu lugar" ficou para sempre na minha memória e, naquele dia no terraço da Torre, encontrei o lugar ideal para novamente repensá-la, até que vi que recuperá-la era na realidade repetir para mim mesmo a palavra que mais podia comover-me naquele instante: *Montevidéu*.

"Montevidéu, cidade que se ouve como um verso", lembrei que Borges havia escrito. Em meio a tudo isso, enquanto lhe falava de *L'Uruguayen*, Ricardo Sirés insistia em permanecer no pequeno mirante situado em cima do quartinho vazio e eu já havia descido para me sentir mais perto daquele terraço devastado pelo tempo, e não conseguia entender o que Sirés via do mirante, até que compreendi que dali simplesmente o panorama era mais amplo.

Suba de novo, ia dizendo Sirés, que queria falar-me de como Herrera y Reissig se horrorizaria se visse como havia mudado a vista que se podia contemplar dali. Porque até o aspecto do Mar da Prata, dizia, ele acharia diferente. Suba de novo, insistia Sirés. Não, eu lhe dizia, aqui estou em meu lugar. E ao final saí vencedor da absurda disputa e consegui que Sirés abandonasse os panoramas e, despenteado pela brisa, descesse de uma vez por todas pela escada em caracol. O que fazemos agora?, perguntou. Se quiser, posso contar sobre uma batalha entre gregos e troianos, o que você preferir. E, enquanto ríamos, tive a impressão de que os panoramas se resignavam a um discreto segundo plano e, por sua vez, a Torre ia ocupando o lugar estelar que os anos tão injustamente lhe haviam arrebatado.

8

Caminhávamos pela Cidade Velha quando achei que havia chegado a hora de perguntar, de uma vez por todas, a respeito do hotel Cervantes, pelo qual eu sentia, disse, grande curiosidade. Sirés parou de repente em plena rua e ficou imóvel na calçada.

Parecia surpreso. O Cervantes?, perguntou. Em seguida, a calma voltou ao seu rosto. De um rádio doméstico, chegava "Bolero sonámbulo", com Ry Cooder e Manuel Galbán. Agora chamam esse hotel de Esplendor, disse finalmente Sirés, é um hotel boutique e fica no bairro das Artes e acho que foi transformado num centro cultural. Expliquei que estava interessado em ver um quarto bem específico e dormir nele um dia, se fosse possível. Sirés entendeu errado, achou que eu estava insatisfeito com o hotel que o CCE me designara e tive que explicar que não se tratava, de forma alguma, de desdém pelo lugar onde me hospedaram, eu só queria investigar algo muito concreto no quarto do Esplendor. E lhe contei, por cima, o que pretendia ao querer dormir uma noite naquele hotel, para o qual logo nos encaminhamos. Durante o trajeto a pé, sempre escondendo meu bloqueio como escritor — não queria que me visse como uma pobre vítima de meu livro mais conhecido —, não parei de falar, primeiro da vida agitada que levava em Barcelona e do muito que escrevia — tudo falso, mas apaixonante — e, quando nos encontrávamos a dois passos do Esplendor (El Resplendor, como eu o chamava), concordamos que, assim que chegássemos ao hotel, perguntaríamos qual era o quarto que escondia aquela "porta condenada" que, tapada por um armário, eu tinha interesse em inspecionar.

No hall do Esplendor, muito mudado em relação ao que era descrito em "A porta condenada", o recepcionista, que não demorei a chamar de "gerente" por influência direta do conto de Cortázar, ficou atônito ante a solicitação que fiz de um quarto bastante específico. E se mostrou também muito surpreso, demasiadamente surpreso, de que Cortázar pudesse ter sido alguma vez cliente daquele estabelecimento. Gardel foi, disse, cantou no antigo Cervantes e até dormiu nele. E também foram clientes Borges, Norah Lange, José Luis Romero, Atahualpa Yupanqui, mas Cortázar…

Achava estranho, mas reagiu com rapidez porque disse que

como o Esplendor, além de hotel, era agora um recente centro cultural, teria muito gosto em ouvir o que estávamos contando. É interessante mesmo, falei. Sim, claro, disse o gerente bigodudo, e não é pouca coisa uma passagem de Cortázar por aqui e, além do mais, poderia chamar a atenção especialmente dos turistas japoneses.

Surpreendeu-me que falasse de turistas asiáticos em vez de, por exemplo, "turistas argentinos", e Sirés também concordou com o absurdo daquela associação entre Cortázar e turistas japoneses, da qual nunca tinha ouvido falar, e o mais provável, disse, era que o gerente quisesse fazer troça da gente.

Como se não bastasse o gerente, apareceu de repente seu ajudante, um subalterno tão loquaz quanto imensamente decidido a nos mostrar a garagem no subsolo, porque lá conservavam, disse, em perfeito estado, mas servindo de estacionamento, o palco e a plateia e até os camarotes e bilheterias da entrada do que fora o teatro e posteriormente o cinema Cervantes e que em breve seria declarado "patrimônio cultural".

O que vimos no porão fantasmagórico foi uma curiosa mistura de garagem e teatro, estacionamento e cinema e lugar um tanto claustrofóbico, um espaço abarrotado de veículos de todo tipo; para mim, no entanto, se há algo que tem o poder de me entediar soberanamente são os carros, as motos, as oficinas mecânicas, os motores a diesel, as carrocerias, os pneus. Até umas simples bilheterias podiam ser cansativas se eu as visse numa garagem. E ali, no subsolo do Esplendor, as bilheterias estavam conservadas em sua forma original — pensei por minha conta —, quando Montevidéu inteira compareceu ali para escutar Carlos Gardel.

A imersão no subterrâneo foi a coisa mais tediosa que tinha vivido nos últimos tempos e chegou um momento em que a fantasmagórica saturação automobilística foi mais forte que a paciência e, não suportando dar mais voltas por aquele futuro patrimônio cultural, inventei que estava sentindo falta da luz e um desconforto inusual e, fingindo que quase me faltava ar (tirei da manga uma inverossímil alergia geral a gasolina armazenada em porões), consegui que nos devolvessem sãos e salvos à recepção, onde o gerente bigodudo se mostrou aborrecido ao voltar a nos ver, como se tivesse ficado incomodado por termos escapado das masmorras de seu castelo, e perguntou se era porque não havíamos gostado do "prestigioso porão".

9

Com certeza, eu disse ao gerente, alguém no hotel sabe o número do quarto do segundo andar onde o conto de Cortázar se passa. E voltei a pedir o quarto apenas para uma noite. Por um instante, achei que nos mandariam de novo para a garagem. Os minutos passavam e parecia que não surgiria nenhuma possibilidade de consegui-lo. Ao mesmo tempo, Sirés e eu nos vimos cada vez mais rodeados, na recepção, de funcionários do hotel e clientes, embora ninguém ali parecesse ter ouvido falar da porta condenada.

Até que veio em nosso auxílio um funcionário — plurifuncionário, especificou — que acabou sendo decisivo. Era um jovem que tinha a "voz forte e sonora dos uruguaios", da qual Cortázar falava em seu conto, e que disse chamar-se Nicomedes e que definiu a si mesmo como "um faz-tudo", já que trabalhava na administração do Esplendor e também na limpeza dos quartos. Devido justamente a este último ofício, sabia que só havia um quarto no hotel com uma porta tapada por um armário. Tem que estar no segundo andar, eu lhe disse. E Nicomedes sorriu antes de confirmar.

Aproveitando, então, o que Cortázar dizia em seu conto, perguntei se aquele andar ainda era um salão enorme, em cujo extremo ficavam "a porta de Petrone e a da senhora sozinha" e se, entre as duas, continuava ali o "pedestal com uma nefasta réplica da Vênus de Milo".

Nada de Vênus, interveio o gerente, foi retirada há séculos. E Nicomedes confirmou gestualmente, mas, quando tentou falar do armazém em que aquela "nefasta réplica" tinha ido parar, o gerente o impediu, como se o incomodasse que desse informações que eu não tinha por que conhecer. No entanto, dois minutos depois, o próprio gerente revelava o número do quarto que eu buscava. É o 205, disse, mas agora está ocupado, vão liberá-lo dentro de umas duas horas.

Ao lado do gerente e de seu ajudante e de Nicomedes, outro funcionário do hotel, de voz também forte e sonora, estava naquele momento contando a um hóspede a história de seu amigo Rodolfo, que um dia deixou de se lavar, de se barbear, de se levantar da cama e, por último, deixou de falar e morreu. Foi curioso, porque o fato de que morresse não me impressionou tanto quanto que houvesse deixado de falar: como se eu tivesse algum estranho vínculo com qualquer modalidade de silêncio que não fosse relacionada à morte.

E em seguida o hóspede, que sem dúvida também havia escutado — com visível interesse — o que estávamos falando da "porta condenada", comentou como lhe parecia admirável que ainda fôssemos capazes de nos lembrar de um escritor que estava morto havia tantos anos. Mas é que se trata de Cortázar e, portanto, não é tão estranho que falemos dele, disse Nicomedes, revelando de alguma forma que o criador dos cronópios não lhe era indiferente. Sim, disse o cliente — que deu a Sirés e a mim um cartão que anunciava que se chamava Ochs e era fabricante de bonecas —, mas, acredite em mim, não é fácil para os escritores, mesmo para os maiores, o milagre do bis, o belíssimo milagre de voltar a ser.

Seguiu-se uma espécie de curto-circuito verbal, e algo como a impressão de que não havia nada mais extraordinariamente pedante a se dizer sobre a ressurreição de um escritor que, ainda por cima, jamais havia sido desconsiderado ou esquecido.

Olhe para a gente, pedi ao cliente, nenhum de nós tem vontade de "voltar a ser".

Voltar a ser, *this is the question*, brincou Sirés, tentando acalmar os ânimos e escapar do imbróglio imprevisto em que a busca de um número, o 205, tinha-nos metido. Mas tudo começou a ir de mal a pior quando o gerente quis incorporar-se à festa e tentou exibir sua facilidade de verbalizar a primeira coisa que lhe viesse à cabeça. No fundo, ele acabou mais ou menos dizendo, escrevemos para sermos lembrados, para vencermos, dentro de nós, a amnésia, o nebuloso buraco do tempo, para nos confiarmos à página da mesma maneira como se confia a múmia de um faraó aos bálsamos e às ataduras, não conheço melhor forma de alcançar o milagre do bis.

Vi que ele ficou tão satisfeito com o que acabava de dizer que corri um risco desnecessário e me atrevi a lhe falar que não dava para aguentar, de jeito nenhum, aquela história de "nebuloso buraco do tempo", e muito menos de "milagre do bis". E, não contente em lhe dizer isso, comentei que parecia argentino. E, bem, não desejo a ninguém receber um olhar como o que, ato contínuo, o gerente me dirigiu. Acho que, se em seguida eu lhe tivesse dito que, por seu físico, às vezes me lembrava Bigode Pequeno, ou seja, Hitler, e outras vezes Bigode Grande, ou seja, Stálin, a essa altura eu já seria Bigode Morto.

Não tinha como me sentir satisfeito com o andar das coisas, porque passara anos querendo estar diante da porta que o armário escondia, anos esperando um dia entrar no quarto e ficar no "lugar exato em que o fantástico irrompe no conto de Cortázar" e, quando estava a uma distância de poucos minutos e metros da porta e do velho armário, cometi um erro estúpido.

E Sirés não podia ajudar-me porque estava horrorizado com meu último erro. Mas quem veio em meu auxílio foi Nicomedes, que de alguma maneira mostrou estar do meu lado e ser, além disso, em meio àquela exagerada turba amontoada ali em função de Cortázar, o único que havia lido o autor argentino.

"Empapado de abelhas", disse Nicomedes, e parecia não lembrar o resto do que ia dizer, ou talvez lembrasse e o que buscava com sua intervenção era confundir tudo um pouco mais. Para quê?

"Empapado de abelhas" também podia ser uma senha ou um código que escapava à minha compreensão, mas no fim era só o início de um texto de Cortázar que ele conhecia e que, depois de ir a seu escritório e buscar o resto daquele escrito, finalmente veio ler para nós na recepção: "Empapado de abelhas, [...] e no meio de inimigos sorridentes minhas mãos tecem a lenda".

Pensei que Nicomedes podia estar sutilmente avisando-me de que todo aquele aglomerado de funcionários, que pareciam a guarda pretoriana do gerente, eram meus "inimigos sorridentes", e estava alertando-me na frente do próprio gerente.

Olhei ao redor e, efetivamente, os enroladores que naquela recepção davam a impressão de ter-me derrotado numa queda de braço, sorriam, sobretudo o fabricante de bonecas, o sr. Ochs, que notei que era quem mais parecia com uma abelha-rainha.

— Ochs — dirigi-me a ele —, o senhor acha que as abelhas são verdadeiras?

Creio que fiz a pergunta só para poder pronunciar aquele sobrenome, Ochs. Afinal, não deixava de ser uma pergunta totalmente gratuita, desprovida de qualquer intenção e sentido, embora pudesse obter intenção e sentido com a resposta do fabricante de bonecas; tudo dependia dele, daquele pedante entusiasta do "voltar a ser".

— Só sei — ele disse — que uma meia verdade é uma mentira completa.

10

Concordamos que Sirés e eu daríamos uma volta pela cidade e, quando o 205 estivesse livre, o que podia acontecer em duas ou três horas, seríamos avisados por WhatsApp. Eles não eram nada confiáveis, ainda mais depois de tanto conflito, mas não havia remédio senão esperar que Bigode Gerente fizesse um gesto ou que o sr. Ochs ouvisse uma verdade completa.

Deixamos para trás aquele camarote dos Irmãos Marx da recepção e saímos para caminhar, para respirar ar fresco. E a primeira coisa que fizemos foi ir à Calle Camacuá, defronte à Brecha, onde vivera o muito misterioso conde de Lautréamont, que aos catorze anos trocou a França por Montevidéu e a quem cumprimentei mentalmente, como se fosse meu maior e mais antigo amigo. De fato, com quinze anos li seus *Cantos de Maldoror*, que foram uma imensa revelação para mim. Mas buscar os rastros do conde em Montevidéu nunca foi uma tarefa simples, sobretudo porque, como comentou Sirés, a cidade, valendo-se de seus mais incríveis cartazes comerciais, tinha o costume de manter seu passado *oculto*, como se podia ver, por exemplo, na avenida Dezoito de Julho, onde não se podia ver quase nada da excepcional grande exibição de art nouveau que havia nela.

Da Calle Camacuá, andamos até um lugar mais prosaico, os escritórios do CCE, onde cumprimentei as encantadoras colaboradoras de Sirés. Ótimo ambiente. E assisti, ainda, a uma aula da Escola de Escrita que montaram lá, respondendo a algumas perguntas dos alunos. Um deles quis saber se eu escrevia no computador e expliquei que sempre à mão, com caneta-tinteiro. Então veio a pergunta do dia, quando uma senhora quis saber de que cor era a tinta da minha caneta. Normalmente preta, disse, mas depois corrijo em vermelho e dou as folhas a Romina, minha secretária, para que faça um chapéu com elas.

Ao retomarmos a volta pela cidade, Sirés e eu passamos, lembro muito especialmente, na frente do Teatro Solís. E lá Sirés parou para me explicar que era o mais antigo do mundo, embora rapidamente tenha-se corrigido e destacado que, na verdade, era o mais antigo da América do Sul, o que no fundo me tranquilizou porque não sabia como reagir diante da visão repentina, em pleno passeio por Montevidéu, do teatro mais antigo do mundo. Pensei em Mario Gas, amigo de juventude, companheiro de estudos de direito. Sempre ouvira dizer que Mario, homem de teatro até os ossos, nascera verdadeiramente em Montevidéu, quando seus pais, grandes atores, estavam em turnê pela América Latina. E me pareceu que quando Mario nasceu, nos anos 40, seus pais só podiam estar trabalhando em Montevidéu num teatro com a tradição do Solís.

Depois da caminhada, que teve momentos magníficos, como quando margeamos o imponente Rio da Prata e falei a Sirés de Alexandre Dumas e da guerra de Troia, inventando bastante porque não sabia quase nada de Dumas, acabamos entrando, cansados e com uma fome brutal, num restaurante próximo à praça da Independência. Já estávamos na sobremesa, saboreando uma extraordinária fatia de *chajá*,* quando Sirés recebeu — nunca acreditamos que fosse chegar — um WhatsApp do Es-

---

* Doce tradicional do Uruguai, é um bolo com suspiros, doce de leite e pêssegos em calda. (N. T.)

plendor em que diziam que o quarto já estava liberado, o que me animou imensamente, porque calculei que me sobrariam várias horas para examinar o que, pensando bem, na verdade não exigia, como pensava Sirés e seu senso comum, mais que uma olhada afiada e breve: uma olhada tão rápida quanto penetrante, que permitisse averiguar de vez que aspecto teria, se é que tinha algum, o cruzamento do real com o fictício, que, ali em Montevidéu, escondia-se atrás daquele velho armário.

11

Pensar nesse cruzamento do real com o fictício me ocupava cada vez mais espaço mental, talvez porque me sentisse à beira de uma experiência provavelmente única, embora não descartasse o contrário, mas preferia pensar que a primeira hipótese me aguardava.

O fato é que, na metade da tarde, eu entrava no quarto da porta condenada e constatava que, inicialmente, não me acontecia nada por pisar naquele lugar, por ter entrado no mesmíssimo cenário do conto.

Vivi, de qualquer forma, a sensação sobre a qual Andrés Di Tella fala em seus *Cuadernos*: "Os bulevares de Paris em *Uma mulher casada*, de Godard, e as planícies do Monument Valley de *A paixão dos fortes*, de John Ford, tudo no mesmo preto e branco rigoroso, eram como bairros de uma mesma cidade. As imagens provocavam *o desejo de ir ao encontro desses lugares*, mas, ao mesmo tempo, a suspeita de que esses locais não podiam existir".

Vivi essa sensação, mas em seguida me disse que não havia atravessado o Atlântico em busca dessa porta condenada para depois entrar no desejado quarto e ele me parecer um espaço que não podia existir e que, no entanto, existia. Não. Aquele quarto existia. Eu estava nele, havia acabado de entrar nele. Era um fato claro, evidente. Eu me movia por um lugar real, mas, ao mesmo tempo, se alguém me visse naquele momento, eu não lhe pareceria tão real, embora fosse apenas pelo absoluto fascínio com que registrava o real como se nunca o tivesse visto antes. É que tudo era extraordinariamente igual ao modo como Cortázar havia descrito aquele quarto em seu relato.

Eu estava no conto? Tinha essa impressão? Bem, disse a mim mesmo, estou no quarto.

E era comovente ver como, para o lavabo, por exemplo, o tempo não havia passado. A janela daquele banheiro era de fato maior do que a do próprio quarto e se abria tristemente para um muro e um longínquo pedaço de céu, quase inútil. Durante um bom tempo fiquei olhando, quase hipnotizado, aquele "pedaço de céu inútil" e suas nuvens e, de passagem, busquei e encontrei na rua a árvore solitária, o pinheiro erguido na quadra do hotel e que Bioy descrevera em seu relato paralelo ao de Cortázar. Chamou minha atenção um homem que, numa casa muito próxima do pinheiro, estava retirando uma tábua usada para atravessar da janela de uma casa vizinha à outra.

Com exceção do que havia atrás do armário, examinei tão a fundo o quarto que em certos momentos me perdi por atalhos inesperados, por caminhos onde nunca havia passado e que me levaram à Montevidéu de Onetti e depois à Madri do mesmo Onetti, que um dia vi sentado em sua cama indestrutível, junto a uma garrafa de uísque e uns copinhos, uma porta e um armário, resistindo a ser filmado por seus amigos, até que cedeu e disse à câmera uma frase tão encantadoramente humana que a incorporei, desde então e para sempre, a meu léxico:

"Por simpatia, resigno-me."

12

Ocupado na inspeção do céu daquele dia, percebi que não havia sequer reparado em um detalhe que era bastante estranho que tivesse passado despercebido por mim: embora tivessem feito uma limpeza profunda e o quarto inteiro cheirasse a rosas e tudo mostrasse uma impecável ordem geométrica, havia ali uma anomalia que eu não vira na entrada: entre o armário e a janela, alguém esquecera uma mala vermelha, de formato antiquado, uma mala de outra época, em estado bastante bom.

Seria do hóspede anterior daquele quarto? Nunca me tinha acontecido algo assim, mas parecia o mais lógico. Estive a ponto de pedir a Sirés, que estava me esperando no hall, que subisse e me dissesse o que eu devia fazer com aquela mala que se infiltrara em minha vida e no conto de Cortázar e que, além do mais, pesava uns bons quilos. Mas no fim acabei optando por deixá-la no corredor mesmo, como se aquela coisa tão incômoda não pudesse continuar mais nem um segundo ali, no meu território. Coloquei a mala para fora e avisei por telefone ao gerente, para que alguém viesse buscá-la. E o gerente, como se fosse normal que em meu quarto houvesse uma mala do hóspede anterior, limitou-se a dizer que, quando pudesse — então respirou muito fundo, como se estivesse desmoronando de tanto trabalho —, enviaria alguém.

Um pouco depois, ouvi passos no corredor e, acreditando ingenuamente que haviam demorado pouco para buscar a mala, abri a porta, mas para minha surpresa os passos não eram de um funcionário do hotel e quem estava por ali era um cliente com um casaco impermeável e completamente bêbado, que parou na minha frente para me dizer, sem que eu tivesse perguntado nada, que já sabia que com aquele impermeável parecia uma pessoa de boas condições, mas que na verdade vivia na miséria.

Mas como se atreve a andar por aí tão mamado, foi o máximo que me atrevi a dizer, o que já me pareceu bastante, levando em conta que nem o conhecia. Eu o repreendi, mas em tom de brincadeira, e ele certamente entendeu. Vou dizer-lhe uma coisa, disse o homem, se o senhor é desses que pensam que este mundo é incrível, deveria ver alguns dos outros.

Dos outros? Estive a ponto de responder que os conhecia de memória porque eu, como todas as pessoas que conhecera na vida, era um ser imaginário, mas me contive porque aquele bêbado caído na miséria não ia entender do que eu estava falando caso eu me enfiasse numa sinuca de bico e o deixasse a par do caráter fictício de nossa existência.

Em seguida, entrei de novo em meu quarto — já o considerava meu quarto, ainda mais com a mala vermelha no exílio — e dei uma primeira olhada no armário, que me pareceu mais velho que uns minutos antes. Abri e continha alguns objetos disparatados e inúteis, como um dedal e uma série de carretéis de linhas de todas as cores. Lembrei-me de minha mãe quando lhe disse que partia para Paris porque Barcelona era insuportável e Franco, um criminoso. Aí, ela me disse, você terá que consertar sua própria roupa e, se por acaso inventasse de ir à Rússia, seria forçado a trabalhar e dar duro.

Fechei o armário e deixei para mais tarde a inspeção da porta condenada, que merecia uma sessão especial, total concentração e análise serena para ver o possível ali, sempre supondo que houvesse algo para ver. Então desci para o hall e reencontrei Sirés, que disse, sem o menor tom de irritação, que havia esperado demais, e a quem não quis contar nada sobre a mala vermelha, nem sobre o bêbado bebadíssimo que me informou que vivia na miséria. Preferi evitar o que intuía que Sirés me diria: que, com aquela mala e o cliente embriagado, alguém me dera de bandeja o começo de alguma história que eu acabaria escrevendo. É que não queria que fosse Sirés quem me empurrasse de volta a escrever. Preferia decidir por mim mesmo o retorno à escrita, o que, sabendo quão indeciso eu era e embora às vezes — poucas vezes — não me faltasse vontade, ainda podia demorar: dependeria, pensava, de que visse a possibilidade de mudar de estilo, algo que mais cedo ou mais tarde deveria acontecer, porque se sabe que um autor não é mais do que as transformações de seu estilo, e a lógica diz que essa realidade devia existir também para mim.

Por outro lado, Sirés parecia ter alma de *recomendador*. Ao longo de todo o almoço, não parou de me recomendar livros — de Simenon e de Eduardo Galeano —, filmes — todos de John Ford —, famosíssimas páginas e blogs da rede, obras de teatro — Tchékhov e Platão — e canções — toda Françoise Hardy, todo Jacques Dutronc, e "Caballo viejo", cantada por Simón Díaz.

Nada que eu não conhecesse, salvo a versão de Díaz. Para completar, ao entrar no terreno das recomendações concernentes à vida privada, não deixou de utilizar a todo momento a clássica frase tópica que sempre me irritou tanto, a mais apropriada e, portanto, sem alma, diria que com espírito de bilheteira de outra época, com a alma daquelas senhoras com tanto, mas tanto, profissionalismo e tantas mãos para emitir bilhetes e nem um olho, nem um único olhar original para julgar o que vendiam.

Sirés era uma bilheteira em potencial? Eu me perguntava isso o tempo todo para manter a cabeça ocupada e me afastar da tentação de lhe contar o caso perturbador — ou talvez apenas insólito — da mala vermelha encontrada em meu quarto.

Talvez por intuir que eu lhe escondia algo, chegou a me perguntar no que eu pensava. Em nada, em nada, respondi. Ou, melhor dizendo, em como gostaria — tentei assustá-lo — de complicar a vida dos outros, modificar a vida moral de todas as pessoas com que cruzasse em Montevidéu. Sirés me olhou surpreso e acabou rindo. Por exemplo, disse-lhe, imperturbável, que gostaria de me dedicar a unir ou separar as pessoas delas mesmas e de seus amores. Já que faz tempo que não escrevo — ao dizer isso me dei conta, com certo horror, de que confessara meu trágico bloqueio e não podia voltar atrás —, escrever pelo menos *na vida de fato*, no mundo real, obter divórcios e lágrimas e forjar casamentos, boicotar a paz burguesa, você me entende?

Primeira informação, ele disse, não sabia que você não escrevia há tanto tempo, mas, em todo caso, podemos falar disso amanhã quando eu te entrevistar diante do público, diga a eles que adora interferir nas relações dos outros, modificar sua vida moral, certamente não é má ideia dedicar-se de corpo e alma a isso, eu também gostaria de tentar. Não quis lhe dizer que ele já tentava em todos os momentos, com suas recomendações esfarrapadas. Bem, disse Sirés, amanhã vemos o que acontece, embora, agora estou pensando, tentar fazer algum casal do público divorciar-se talvez nos complique demais a vida, principalmente para mim, que sou quem tem de ficar aqui em Montevidéu.

— Olhe, eu entendo você — disse a ele — e, por simpatia, resigno-me.

13

No resto do dia ensaiamos no auditório situado no subsolo do CCE, na sala Estela Medina. Ensaiamos a longa entrevista que, no dia seguinte, na metade da tarde — o tempo seria apertado porque o avião partia pouco antes da meia-noite —, aconteceria diante do público do subterrâneo.

Concordamos, no fim, em não tocar na questão de *escrever*

na vida de fato; pelo contrário, evitaríamos o tema completamente. E também ficamos de acordo em nem citar *Virtuosos da suspensão* e, em vez disso, dedicar mais tempo ao conto montevideano de Cortázar, para usá-lo como exemplo do tipo de relatos que pertencem à terceira casa de minha classificação de tendências narrativas, do tipo de contos que organizam sua narração em torno da própria trava (nesse caso, uma velha porta atrás de um armário) que impede que uma história seja contada de forma completa, embora sempre permita que o leitor voe muito longe.

Propus reproduzir a pergunta de Miles Davis a Mallarmé: "Será que você escreve justamente sobre aquilo que o impede de escrever?". Mas Sirés me mostrou que não fazia sentido trazer o *fake* sobre Davis e Mallarmé nem sugerir que eu sempre me dedicara a escrever aquilo que me impedia de escrever, quando, na verdade, simplesmente fazia tempo que não me sentava para trabalhar, e era só isso.

— Ou não? — perguntou.

Sirés me esgotou; diria que, como na canção, velho e cansado. Além disso, seu ensaio geral do que faríamos no dia seguinte na sala Estela Medina me parecera totalmente inútil: no final, só servira para definir o que não falaríamos. Fiquei tão cansado que, ao chegar à noite no 205, a princípio, mas apenas por uns segundos, somente pensei em cair na cama e tentar descansar o máximo possível e deixar para quando eu estivesse melhor a inspeção do emocionante lugar exato em que, atrás do armário, o fantástico irrompe no conto de Cortázar.

Mover o armário, ao contrário do que eu esperava, foi fácil, porque era um trambolho tão velho e frágil que fiquei mais preocupado em evitar que ele se desmontasse involuntariamente e acabasse caindo em cima de mim.

Movido com cuidado o armário, metade da porta condenada ficou à vista. Evidentemente me chocou que ela estivesse entreaberta, porque parecia um convite para entrar no quarto vizinho. Introduzi a cabeça para ver o que conseguia ver do interior, daquele lugar que nunca pensei que veria e onde, segundo Cortázar, uma solitária senhora consolava uma criança que chorava. Não esperava, obviamente, ver a senhora, mas tampouco não ver absolutamente nada, e o que aconteceu foi que dei com a escuridão mais profunda que já havia encontrado.

Devia avançar considerando aquela escuridão toda? Pensando bem, o que esperava encontrar ali? Uma repentina revelação? Uma epifania em forma de visão seria o ideal, sempre me fascinou a de Beckett no pequeno cais em frente ao mar, perto do porto de Killiney: "No final do cais, no vendaval, nunca esquecerei, ali tudo de repente me pareceu claro. Afinal, a visão".

Invejava a visão que sabia que Beckett tivera: a de que a escuridão, que tanto se esforçara em rechaçar, era na verdade sua melhor aliada porque só nela poderia entrever o mundo que devia criar para respirar.

Se não me lembrasse da escuridão que Beckett escolhera naquele cais, a escuridão do 206 teria provocado em mim respeito e até medo, mas achei que seria melhor esperar as luzes da manhã para dar uns passos por ali. Então deixei tudo como havia encontrado: a porta do 206 entreaberta e o armário de novo em sua frente, servindo-lhe de parapeito. Mas, ao dar as costas para o armário, tive a sensação de que alguém cravava seus olhos na minha nuca. Não me virei porque atrás de mim não podia haver ninguém e porque, de qualquer forma, sentia tanto aquela energia nas minhas costas que tinha medo de que *realmente* houvesse alguém. Em todo caso, pensei, foi melhor ter deixado a porta entreaberta bloqueada. Ao me sentar na cama, porém, ouvi que no quarto imerso em escuridão caía um objeto, certamente minúsculo, que rolava, por três intermináveis segundos pelo chão.

Se houvesse alguém ali, eu não conseguiria dormir tranquilo. E se não houvesse, tampouco.

14

Mas dormi rápido e sem que nenhum outro som me inquietasse. Veio-me à memória um soldado demente que conheci em um manicômio militar de Melilla, um louco que ria ajoelhado diante de um formigueiro e que começou a interpretar para as formigas não sei qual personagem da Fortuna ou do Destino, tentando às vezes enlouquecê-las e outras vezes acalmá-las e recompor seu exército, e tudo isso com a simples ajuda de um espinho de pinheiro.

Depois do louco das formigas, passei a Néstor Sánchez, o escritor argentino, justamente através do qual eu havia descoberto Cortázar. Aliás, eu teria demorado ainda mais para chegar a Cortázar se casualmente não tivesse cruzado, na livraria Áncora y Delfín, de Barcelona, com um exemplar de *Nosotros dos*, um dos primeiros romances de Néstor Sánchez, que acabou tornando-se o único escritor com quem quis parecer quando escrevi *Nepal*.

Néstor Sánchez, aquele Cortázar secreto. Sabia que havia levado sua fuga completa tão longe que alguns seguidores acharam que estava morto e organizaram uma homenagem para ele em Buenos Aires. Quando, para surpresa de todos, souberam que ele seguia vivo e que acabava de regressar de uma longa e estranha aventura pelo mundo e estava de novo em Buenos Aires, foram vê-lo para que lhes dissesse por que diabos não escrevia havia tanto tempo.

— Bem, acabou minha épica — respondeu lacônico.

Acordei no meio da noite, quando estava totalmente metido em um hipotético conjunto de bonecas russas das quais Néstor

Sánchez seria a figura secreta, a sombra alta escondida no interior de Julio Cortázar. Fortes batidas na porta me despertaram. Quando entendi que aquilo só podia fazer parte do mundo real, e não do sonho, senti pânico diante daquela séria tentativa de invadir meu quarto. Em meio à angústia que vivi naquele violento despertar, ainda tive tempo para observar que a porta condenada, talvez porque havia ficado de novo oculta atrás do armário, emitia apenas pura calma, paz absoluta, uma serenidade imensa, enquanto a única porta de entrada do quarto, ao contrário, estava a ponto de ser derrubada pelos golpes e gritos de uma mulher que demandava entrar. Por que ninguém reagia na gloriosa recepção se, naquele hotel, todo som se amplificava?

15

Vivi momentos difíceis ao escutar a voz daquela mulher que dizia, ou melhor, balbuciava frases em inglês. Liguei rapidamente os pontos e deduzi, por pura lógica, que devia ser a dona da mala vermelha. Levantei-me da cama e fui até a porta, grudei o ouvido nela e pude escutar, do outro lado, a respiração agitada de quem pretendia visitar-me, uma mulher sem dúvida contrariada e que, além disso, parecia capaz de tudo. Decidi não abrir, pois não sabia o que podia encontrar do outro lado e sugeri à mulher que fosse buscar sua mala na recepção. A única coisa que consegui foi que ela, quando ouviu tal recomendação formulada em espanhol, sacudisse a porta com mais força e passasse a gritar nessa língua.

— Faça com que parem, que esses imbecis fiquem quietos, faça com que deixem de se reproduzir de uma vez por todas — começou a gritar de repente.

De quem ela falava?

Da humanidade inteira, parecia.

Aumentou meu terror ver que uma frágil porta me separava de alguém que desejava acabar de uma vez por todas com tudo, ou talvez apenas com o alvoroçado e sujo agito das massas de pessoas na rua, que talvez ela situasse no próprio interior do meu quarto de armário decadente e porta secreta entreaberta, um lugar, se comparado com a porta principal, pacífico, onde ficção e realidade pareciam dormir em paz.

Uma paz que me ajudou a me autocontrolar e a deixar que a tormenta da furiosa senhora amainasse. E amainou. Respirei mais tranquilo quando ouvi, com alívio, que se afastava pelo corredor. Ficava para trás como um sonho, o que nunca havia sido. Preferi pensar — na verdade, só para não enlouquecer — que aquela senhora havia brigado de manhã com seu amante naquele quarto, batendo a porta e deixando-o ali, largado. E talvez ele, vendo que a amante demorava para voltar, saiu do quarto na hora combinada com o hotel e abandonou a mala vermelha ali mesmo.

Mas essa era só uma entre tantas explicações possíveis. Sempre me perguntei o que teria acontecido se lhe tivesse aberto. O mais provável é que acontecesse algo não muito estimulante. Porque ela pretendia descarregar sua raiva em alguém que não era eu e, portanto, o mais lógico era que sofresse uma decepção tão grande ao me ver que eu acabaria sendo a única vítima do mal-entendido.

De qualquer forma, jamais saberei o que poderia ter acontecido. Os minutos passaram e ela não voltava. E, justo quando pensava que aqueles que no hotel podiam devolver a mala a haviam devolvido — comecei a chamá-los de "os presumíveis", porque pareciam fazer parte de uma indefinida Associação dos Presumíveis Conjurados da Recepção —, percebi que a mulher continuava gritando, só que bem longe do meu quarto, parecia ter transferido seu escândalo para o primeiro andar, ou talvez estivesse na recepção.

Faça com que parem, que fiquem quietos, voltei a ouvi-la dizer. E o hotel inteiro parecia uma câmara de ecos, nada estranho considerando que naquele edifício se ouvia com estrépito até o mais ínfimo ruído. Mas, poucos minutos depois, quando menos se esperava, cessou de vez a barulheira da senhora da mala vermelha. Sentindo-me então liberado pela promissora nova situação, busquei uma maneira de celebrá-la e, mesmo arriscando que, ao ouvir ruídos no segundo andar, ela pudesse reincidir, e prescindindo também de esperar as primeiras luzes, voltei a mover o armário, e dessa vez com maior discrição, para que a porta condenada ficasse de novo à vista.

16

Alguém podia passar para o outro lado. Isso acontece nos casos em que um muro é muro e porta ao mesmo tempo. Talvez naquele momento estivessem no ar as condições favoráveis para que isso acontecesse. Geneste, o arqueólogo do documentário de Herzog, já disse que uma parede pode dirigir-nos a palavra, aceitar-nos ou rejeitar-nos.

Dessa vez, parede e porta entreaberta me aceitaram. Embora aquele compacto pretume persistisse ali, controlei o medo e dei dois, três passos e, de novo, como era de esperar, sem ver nada. Mas estava dentro. Deus, por que não esperei para entrar ali bem alimentado, na manhã seguinte? Parei, não avancei mais, mas durante um bom tempo olhei fixamente a escuridão. Olhei-a como se fosse a escuridão que envolvia o cais diante do mar no porto de Killiney e tivesse olhos humanos. E reuni coragem suficiente para esperar que a escuridão lentamente perdesse potência. Quando isso começou a acontecer, eu via tão pouco que dei como certo que estava em um quarto vazio, sem nenhum móvel, sem nada. Mas me enganei. Havia uma mala vermelha bem no centro do cômodo devastado. A mala do dia, a mesma mala de todos os verões, a mala da louca gritadora do corredor, a mala vermelha, a mala que arrastamos por um cais debaixo de chuva, sem conseguir ver coisa alguma.

Os "presumíveis" a haviam guardado ali? Por que não a devolveram para a espancadora de portas? Assim que pensei nisso, comecei a ver melhor, mais sombras foram dissipando-se e o que então pude entrever, a princípio com incredulidade, foi um considerável vulto preto que repousava sobre a alça horizontal da mala, um vulto que logo se transformou em uma aranha gigante, diria que de uns quinze centímetros de tamanho, morta, mortíssima.

Robusta, imensa, repugnante e nem um pouco artificial como a de Cascais. Aquela aranha me chocou tanto que retrocedi, como se pretendesse seguir um conselho que Madeleine Moore certa vez me dera: você logo se dará conta de que o mais importante não é morrer pelas ideias, pelos estilos, pelas teorias, mas retroceder um passo e tomar distância do que nos acontece.

Assim que tomei essa distância em relação ao que acabava de ver, soube que terminava ali minha incursão no quarto contíguo, no desagradável reino do artrópode monstruoso de quatro pares de patas, morto, bem morto, sobre uma mala onde, um dia, um triste bebê chorava e era consolado com ternura por sua solitária mãe.

17

Só havia ido ali para ver o que acontecia quando se tinha, diante dos próprios olhos, "o lugar exato em que o fantástico irrompe no conto de Cortázar", mas tudo se complicara e tinha ido longe demais, porque eu não imaginava Petrone, o personagem de "A porta condenada", entrando fisicamente no quarto contíguo.

Voltei para a minha cama, deixando entreaberta a porta condenada, tal como a havia encontrado, mas, por via das dúvidas, tapei-a de novo com o armário. E outra vez enfurnado naquela cama, inevitavelmente insone, esperei que amanhecesse para ser o primeiro a descer para o café e depois inspecionar, com mais luz e menos dificuldades, o quarto contíguo, e até mesmo procurar que tipo de objeto era o que, na noite anterior, tinha ouvido cair no chão.

Como viajara com o *Dicionário de símbolos*, de Juan Eduardo Cirlot, livro que havia anos queria ler e que, entre minhas indecisões durante o voo, apenas folheara distraidamente, decidi afinal adentrar nele e a primeira coisa que consultei foi a entrada do dicionário intitulada "porta".

Como era de esperar, Cirlot dizia palavras que não se podia ignorar: "As portas são umbral, trânsito, mas também parecem ligadas à ideia de casa, pátria, mundos que abandonamos e aos quais sempre voltamos, passando através delas. A porta é um símbolo feminino no sentido de abertura, de convite para penetrar no mistério, o contrário do muro, que seria o masculino".

Aquele "convite para penetrar no mistério", pensei, era precisamente uma característica da porta condenada. E voltei para a entrada "porta" de Cirlot para descobrir que, como quem não quer nada, como se fosse apenas um fechamento daquela entrada do *Dicionário*, Juan Eduardo Cirlot soltava um brevíssimo relato histórico, nórdico, que só por sua força parecia reclamar um lugar à parte no próprio livro, ao mesmo tempo que, por um detalhe nada insignificante, dava-me uma oportunidade magnífica de viajar para muito longe.

REYKJAVIK

Na antiga Escandinávia, diz Juan Eduardo Cirlot, os exilados levavam as portas de suas casas ou, em outros casos, lançavam-nas ao mar e atracavam no lugar onde as portas encalhavam, vendo, nesse símbolo, a mão do destino, que os quisera levar até ali. Contam que assim se fundou a capital da Islândia, Reykjavik, em 874.

BOGOTÁ

1

A porta, dizia Cirlot, é um convite para penetrar no mistério, o contrário do muro, que seria o masculino. Suas palavras não poderiam aplicar-se mais à minha relação até então com "A porta condenada". E, claro, também podia aplicá-las a mim mesmo, que me debatia entre mil assuntos antes de descer para tomar o café da manhã. Um deles era se, já tendo surgido as primeiras luzes do dia, deveria postergar o café com leite que me esperava na sala do desjejum e me atrever a examinar melhor o quarto contíguo. Mas a ideia de um reencontro com a repugnância me fazia desistir a cada instante. Por isso, atrasando a inspeção do 206, adiava minha revisão do quarto vizinho enquanto me dizia que eu tinha que ser muito indolente para não me propor a, um dia, deixar por escrito parte do que estava acontecendo comigo, e que era às vezes tão estranho.

Apoiei-me nos cotovelos e saí da cama, disposto a ir tomar café. Na volta inspecionaria o quarto contíguo. Vesti-me com rapidez, saí para o corredor — ia tão acelerado que não vi que a porta e até o próprio quarto 206 haviam desaparecido —, desci pelas escadas com décadas de rangidos escandalosos, enquanto me perguntava desde quando as aranhas monumentais escolhiam a alça de uma mala vermelha como lar e túmulo.

No salão de café da manhã, que à tarde funcionava como bar, pedi ovos fritos com bacon, café com leite e alfajores uruguaios. A televisão já estava ligada àquelas horas da manhã e reconheci o filme que passava, O efeito da lua, baseado em um romance de Simenon. À noite, depois de apagar a vela — dizia um personagem do filme —, continuei vendo, apesar da escuridão, a jaula pálida do mosquiteiro e, por trás do tule, notava um vazio imenso por onde pareciam mover-se escorpiões, mosquitos, aranhas.

Não pude deixar de lembrar de mim mesmo durante a última noite, quando, já deitado, tentava identificar os sons, os estremecimentos do ar, os súbitos silêncios. Já estava no final do meu café da manhã quando Nicomedes se aproximou e me disse, quase de imediato:

— O que contam por lá?

— Por lá?

Pronto, pensei, estou de novo diante de outra ficção de verdade, como se eu as atraísse, e talvez seja minha imaginação, mas não é normal Nicomedes se dirigir a mim como se me conhecesse desde sempre ou quisesse me conhecer para sempre.

Por lá, Nicomedes entendia a Barcelona em que eu vivia, onde, segundo ele, havia um tipo de intelectual europeu que, como dizia Cortázar em O jogo da amarelinha, intuía que, em algum lugar de Paris, devia haver uma chave, e a buscava feito um louco.

— Repare que digo "feito um louco", ou seja, que na verdade não tinha consciência de que buscava a chave, nem de que a chave existia — disse Nicomedes, antes de esclarecer que o que acabara de me dizer também era de *O jogo da amarelinha*.

Percebi que ele me via como alguém que o olhava com desconfiança, quando, na verdade, o que ocorria era que eu não conhecia bem *O jogo da amarelinha*, tinha um exemplar meio rasgado em casa, mas porque uma amiga de Lugo que o havia devorado o trouxe para a minha casa e o deixou esquecido entre meus livros. Mas na verdade eu só conhecia algumas páginas de *O jogo da amarelinha* e tinha, no fundo, certa fobia ao livro. Eu o detestava porque, nos anos 60, era adorado pelos jovens da minha idade que queriam fazer parte de uma geração, algo que sempre me deixou frio, indiferente. Pensava que, se devia pertencer a uma geração, preferiria ser norte-americano no exílio e sobretudo ser de outra época, um escritor dos anos 20, estilo "geração perdida".

Conhecia alguns contos de Cortázar. Na verdade, os mais famosos, os mais celebrados. Talvez porque, naquela época, costumavam dizer que seus relatos eram melhores do que seus romances, o que acreditei comprovar sem ter lido *O jogo da amarelinha*. E pouca coisa mais. Não era fã de Cortázar, embora tampouco seu detrator. Meu conhecimento de sua obra se limitava a umas tantas e vagas noções sobre seu trabalho literário, na realidade alguns clichês sobre sua imaginação e sobre suas experimentações, às vezes vanguardistas, como *62 Modelo para armar*, um romance muito influenciado pela revolução de maio em Paris e do qual não consegui passar da página 68.

Mas Nicomedes continuava acreditando que eu não acreditava nele, por isso me esclareceu, pela primeira vez, com a voz forte e sonora dos uruguaios:

— Capítulo vinte e seis.

Parecia que ele esperava que eu dissesse algo interessante para seu lado de conspirador, de presumível membro da Associação dos Presumíveis. Mas não consegui evitar ver algum código em "Capítulo 26", de modo que tentei pensar qual poderia ser e me arrisquei, sabendo que poderia fazer um papel claramente ridículo.

— Aranha — eu disse.

Silêncio. Estupor.

— Gorda e peluda, morta — acrescentei.

Para testar se era isso. Mas estava simplesmente fazendo um papel ridículo. E o pior: vi o horror no rosto de Nicomedes. Em seguida, ele abriu um sorriso, talvez para dissimular. Eu já tinha feito o mais puro papel ridículo e pensei que continuar a fazê-lo um pouco mais não ia mudar nada, mas a expressão de pasmo de Nicomedes acabou por me fazer desistir. Deve ter acreditado que era um jogo de palavras aleatórias, que eu acabava de inventar, e por isso me disse, de repente:

— Tacuarembó.

Na verdade, sem ter ideia de por onde ele estava indo, entrei num campo aberto de especulações deslocadas. Especulações que Nicomedes interrompeu, suponho que levado por seu afã de ser mais cordial comigo, para me contar que havia passado a noite, até altas horas, jogando uma partida de pôquer em que um dos participantes, um estagiário de tabelião, acabara arruinado ou, melhor dizendo, perdera o pouco que tinha.

Dei por encerrado meu café da manhã e preferi fazer-me de desentendido da conversa amigável, mas críptica de Nicomedes, e voltar para meu quarto, não sem antes provocá-lo um pouco, dizendo que não sabia que em Montevidéu também havia estagiários de tabelião. A maioria dos estagiários deste país são desta cidade, ele respondeu. Como quiser, eu disse. E me dirigi a meu quarto. Enquanto subia pelas estridentes escadas, voltei a me perguntar se devia examinar o quarto contíguo à luz do dia. Já desejava voltar para Barcelona, sentia falta do meu escritório, do meu quarto tão isolado, com televisão na frente da cama e sem nenhum quarto vizinho. Pensei que Cirlot tinha toda razão quando dizia que as portas eram um umbral, trânsito, mas também pareciam ligadas à ideia de casa, pátria, mundos que abandonamos para em seguida retornar.

2

Foi quando cheguei ao segundo andar que, com todo o desassossego do mundo — no começo, achei que tinha errado de corredor —, vi que o quarto 206 havia literalmente desaparecido. Não sobrava nem vestígio dele. Eu podia ter-me confundido no dia anterior e até naquela mesma manhã com a numeração das portas, mas havia algo irrefutável ali: no lugar em que devia estar a porta do 206, a porta da deteriorada câmara em que eu vira a mala e a aranha descomunal, havia somente uma parede branca.

Entrei rapidamente no meu quarto com a ideia de alcançar de imediato, através da porta condenada, o quarto contíguo. Não permitiria que tentassem enlouquecer-me. Movi o armário apenas o estritamente necessário e vi que a porta do quarto contíguo havia-se tornado intransponível, estava trancada pelo outro lado: uma porta, portanto, duplamente condenada.

Fiquei chocado com aquilo e mais ainda com a descoberta de um desenho a lápis de uma minúscula aranha em que certamente não teria reparado se não fosse por ela ter quinze patas, o que aumentava o volume do desenho e permitia que me fixasse naquele pequeno aracnídeo, ou símbolo de algo cujo significado me escapava totalmente. O desenhinho estava bem no meio da porta, à altura da fechadura enferrujada.

Não podia ser mais óbvio que, durante meu café da manhã,

alguém do hotel que tinha a chave do quarto movera o armário e desenhara a aranha. Havia também um mistério no fato de ela ser tão minúscula e discreta. Por que se esforçar em semelhante miniatura quando o desenhista certamente tinha pressa? Saí do meu quarto e desci pelas sempre estrepitosas escadas em busca do gerente e também do anônimo desenhista. Perguntei quem do hotel tinha, como eu, a chave do 205. E, em seguida, sem esperar resposta, quis saber o que havia acontecido com o 206.

— Já lhe foi dito tudo — comentou o gerente, com cara de quem se arma de paciência. — A porta condenada do 205 é uma porta cega. Mas como ninguém escuta, tenho que dizer de novo. E o quarto 206 deste hotel, tanto quando se chamava Cervantes como agora, sempre esteve no mesmo lugar, ou seja, em nenhum. Compreende? E se o 206 alguma vez desapareceu, isso deve ter acontecido nos tempos da Calle Yerbal, não é?

Ele dirigiu essa pergunta final a seu ajudante, que imediatamente balançou a cabeça em sinal de aprovação, acompanhado de um toque de luxúria, que vi que deixava Bigode Gerente muito satisfeito. Antes de perguntar o que queria dizer a história da rua Yerbal, insisti para que abrissem, de dentro, a porta do meu quarto contíguo, mas não havia nada a fazer: a porta sempre fora uma porta que não dava para lugar nenhum.

Mas ontem estava entreaberta, eu dizia, e passei através dela. Mas uma porta que não dá para lugar nenhum nunca pode ficar entreaberta, sentenciou o gerente com uma segurança admirável. Então decidi desviar um pouco o assunto, para não cair em alguma armadilha verbal, e perguntei sobre a Calle Yerbal, o que queria dizer ao mencioná-la. Hesitou. É uma frase feita, falou. Então, o ajudante se adiantou em me explicar que era uma rua que havia muito tempo não existia. Antes ficava no sul da cidade, não muito longe daqui, disse o gerente, e me explicou que fora famosa por seus bordéis, porque o tango fora inventado ali, e não na Calle Junín de Buenos Aires. Quando fui à Finlândia, falei, em Helsinque me contaram que eles é que haviam inventado o tango. Fez-se um silêncio mais aterrador do que o de uma grande e peluda aranha morta.

Em seguida, o gerente, assumindo uma atitude culta, disse que não faltava quem considerasse o tango "infame" por causa dos lugares de má reputação em que havia nascido, embora a grande maioria o dançasse com entusiasmo, entre os quais, saiba o senhor, meu pai e meu avô, que eram dois grandes fãs de Gardel, o senhor não é?

Quis fazê-lo notar que estávamos falando cada vez mais de tangos, e não do quarto desaparecido. E a situação ficou ainda mais tensa quando Nicomedes tentou, com o olhar e diversos gestos com as mãos (como se falasse para surdos-mudos), dizer-me que ele era o único funcionário do hotel que podia orientar-me sobre o desaparecimento. Mas aí a pergunta que eu me fazia era de que desaparecimento misterioso ele estava falando. Do de Gardel no aeroporto de Medellín ou do quarto 206?

Entre uma coisa e outra, perdi-me. Entre a porta condenada com sua aranhinha desenhada à altura da fechadura e a invenção do tango na Finlândia, mais o gestual insensato de Nicomedes, fiquei mais desorientado do que nunca. E como, no final, não soube reagir e tive um momento de total vulnerabilidade, o inacreditável gerente se atreveu a sugerir que eu podia perfeitamente ter sonhado com aquela visita ao quarto do lado e que esta era a única — enfatizou *única* — possibilidade que ele via. Sim, claro, eu disse, enquanto pensava comigo mesmo a que ponto havíamos chegado. Pareceu-me insolente que ele dissesse que eu certamente havia sonhado. Mais ainda que acrescentasse, ante meu mais absoluto estupor, que era possível imaginar que o sonho talvez me tivesse revelado "substratos profundos, temores ancestrais da minha psique", que só afloravam às vezes através dos mais obscuros pesadelos.

Isso não é jeito de tratar um cliente, limitei-me a dizer. Perguntou-me se era porque falara de substratos profundos. E se aqui eu não soube o que responder foi porque continuava sentindo-me vulnerável, inseguro, indeciso, atordoado pelo desaparecimento do quarto vizinho, e porque havia ficado mudo, aprisionado pela surpresa de ver que aquele gerente havia feito uma tentativa descarada de se imiscuir na minha vida. Porque era claro para mim que, mesmo supondo que eu tivesse sonhado, o que nem de longe era o caso, o que aquele gerente poderia, de qualquer forma, saber ou dizer sobre um sonho ou pesadelo que era totalmente desconhecido para ele e que pertencia à minha vida íntima e mais pessoal? Tinha até vontade de lhe dizer: mas onde já se viu um gerente como o senhor?

3

Nas últimas madrugadas, havia justamente pensado nessas imersões dos outros nas vidas alheias e no que costumava acontecer quando escreviam a biografia de uma pessoa e falavam de suas obras e de suas ações e do que ela disse em tal lugar e em outro e também o que disseram dela. Eu sabia que as experiências dessa vida se diluíam e que, na verdade, um sonho, por exemplo, que o biografado teve, uma sensação particular, uma surpresa, um olhar, tudo isso era *muito mais ele* que a história mais à vista, a história de sua vida. E não deixava de ser um despropósito que um biógrafo contasse o sonho de um biografado, por mais que este o tivesse revelado, um despropósito que expunha o ponto mais frágil de qualquer empenho dessa natureza. Por isso me divertiam, em *Nietzsche, uma vida*, de Kurt Kobel, uma biografia distorcida à maneira de David Markson, parágrafos como este: "Deitado na grama, Nietzsche contemplou o céu coberto de nuvens, e então viu aquelas formas estranhas, hipopótamos a caminho de Jerusalém, gigantescos insetos voadores. Mas isso Nietzsche nunca comentou com ninguém".

Enquanto isso, continuava na minha frente o gerente com seus "substratos profundos". E eu tinha tanta vontade de lhe fazer aquela pergunta — "mas onde já se viu um gerente como o senhor?" — que afinal a soltei. Isto é uma recepção, e não uma gerência, ele respondeu rápido e com miserável orgulho. Pedi a conta, temendo que tivesse que pagar um adicional por minhas impertinências e que a Associação dos Presumíveis, ao contrário, nada tivesse que pagar pelas suas.

Não podia suportar nem mais um minuto aquele homem, e menos ainda sua risada peluda, que evocava a aranha morta. Por alguns minutos, inclusive, para mim foi mais urgente tirar Bigode Grande da minha vista do que decifrar o mistério do quarto desaparecido, o que já diz muito. Mas continuava tão inquieto, logicamente, pela ausência radical daquele quarto contíguo que pedi que alguém subisse até o meu e visse o desenho a lápis da aranha de tantas patas. E recordo que, para mim, o quarto continuava ali, atrás da porta intransponível, ou flutuando por alguma área sinistra do hotel. E me perguntava o que Nicomedes, de fato, sabia sobre tudo aquilo. E se fosse cúmplice de uma seita que afugentava quem se interessava pela porta condenada, talvez porque tivessem uma especial fobia a Cortázar? Ou era o contrário: tratava-se de uma seita que cultuava Cortázar e não queria um intruso, um estrangeiro, infiltrado em seus rituais cotidianos.

Mesmo que existisse aquela associação, seita ou sociedade secreta, ou que o hotel escondesse um mistério tão insondável quanto pavoroso, em meio ao qual eu me metera sem saber, isso não alterava um fato irrefutável: o quarto 206, por mais que tivesse perdido o número da porta e respirasse por trás de uma parede branca e lisa, não podia, da noite para a manhã, ter-se tornado invisível.

Como isso não tinha pé nem cabeça, eu não parava de me fazer perguntas e tampouco de formulá-las aos demais. E se todo o hotel, Nicomedes incluído, houvesse confabulado para que Borges e Gardel continuassem reinando sobre um antigo cliente chamado Julio Cortázar? Nada na verdade se encaixava direito, especialmente Borges. Mas eu cada vez tinha mais clareza de que a atmosfera do hotel era repugnante e qualquer investigação que tentasse esclarecer aquilo seria como uma porta condenada e acabaria tornando-se um movimento em falso da minha parte.

Pensei, então, que quanto antes me afastasse daquele clima de monstruosa aranha apodrecida e de aranhinha desenhada, melhor seria para mim. Tinha que agir, pensei, como se não tivesse descoberto nada. Assim eu certamente ficaria a salvo, porque não estava tão seguro, não tinha nenhuma informação que me permitisse pensar que aqueles conjurados eram boas pessoas.

No entanto, como era difícil fazer o papel de quem não tinha descoberto nada, comecei a falar de escritores — como eu, especifiquei — que, por uma tara congênita, são afastados das experiências que vivem porque sempre que acontece algo não insignificante em suas vidas ficam reprimindo-se e perguntando-se o que significa aquilo que lhes está ocorrendo, e também como transformariam aquilo num relato, num romance... Nesses escritores, eu disse, sempre há uma parcialidade fria, como se as coisas não se dessem com eles.

Destaquei esta última parte, "como se as coisas não se dessem com eles", e em seguida também sublinhei — como se isso fosse salvar minha vida — a "parcialidade fria". Uma vez transmitida com clareza a mensagem e tendo ligado previamente para Sirés, apressei-me em subir ao quarto e fazer a mala. Lembro que, enquanto guardava minhas coisas, olhava de esguelha para onde estavam armário e porta, como se pudesse mantê-los sob controle. Num dado momento, não pude evitar e senti o chamado da escuridão e, por fim, movi de novo o armário e olhei um longo tempo pelo buraco da fechadura da porta intransponível. Nunca olhei tanto por uma fechadura para acabar não vendo nada. Mas a possibilidade de poder ver algo me pegou tanto que por um período fiquei perdido na escuridão mais tenebrosa. E acabei vendo-me sentado no avião de volta a Barcelona, como se tivesse levantado aos poucos um papel-carbono e encontrado, debaixo dele, a cópia exata do que aconteceria comigo no dia seguinte.

4

No dia seguinte, depois de ter dormido no hotel reservado pelo CCE, onde já havia pernoitado ao chegar à cidade, levantei-me cedo e caminhei pela Rambla Sur, junto ao Rio da Prata. Foi um momento de grande felicidade: passear a rio aberto, longe da impenetrabilidade do bando da zeladoria do Esplendor. Não contei nada do ocorrido a Sirés quando ele veio buscar-me para o almoço, entre outras coisas porque imaginava, como era lógico, que ele poderia não acreditar, e isso complicaria ainda mais a situação: desajeitado como era, seria horrível se ele tentasse resolver o enigma por conta própria, retornando ao Esplendor.

Almocei com Sirés, que também chamou outros convidados das sessões literárias do CCE, concretamente María Negroni, Philippe Claudel com sua esposa e Pablo Silva Olazábal, que estava concluindo uma antologia de entrevistas com seu amigo Mario Levrero, desaparecido quase dez anos antes. O lugar escolhido foi o restaurante Viejo Sancho, no centro. E o que mais lembro é que Silva me recomendou vários sebos que no fim não pude visitar porque o almoço se estendeu tanto que chegamos quase em cima da hora para a entrevista.

Diante do público da Estela Medina, Sirés me perguntou sobre minha obra e, tal como havíamos combinado, em nenhum momento citamos *Virtuosos da suspensão*, dedicando uma grande parte do tempo ao conto montevideano de Cortázar, que apontei como exemplo perfeito desse tipo de relatos que eu considerava que pertenciam à terceira casa de minha classificação de tendências narrativas. Tal tipo de contos, expliquei, que organizam sua narração em torno da própria trava, de um inconveniente que os impede de contar tudo o que acontece no relato, que acaba incompleto, como ficam inacabadas, na verdade, todas as histórias.

Durante minha intervenção passei deliberadamente uma imagem diferente do que eu era, porque forcei a barra para que todo mundo acreditasse que era esse tipo de narrador com o qual aconteciam coisas surpreendentes, mas, depois, em seus escritos, abordava essas coisas com distanciamento, com uma espécie de parcialidade fria, como se não fossem com ele. E expliquei que aquela era uma espécie de proteção inconsciente que todos os escritores carregavam para todos os lugares. Comentei que esse escritor pode estar em uma discussão muito alterada com sua namorada, que se encontra completamente transtornada, e então perguntar a ela: "Você se importa se eu escrever sobre isto?". Com a consequente reação dela: "Você não prestou atenção no que eu disse? Não está irritado?". E ele responder que, sim, está furioso, mas que há uma parte dele fascinada por como deveria sentir-se, *sentir de verdade*, e que, além disso, está pensando em como descreveria essa cena incluindo sua reflexão sobre como deve sentir-se, que para ele é um tema transcendental.

Parcialidade fria acabou sendo o conceito-chave com o qual dei a entender que era um daqueles que viviam as coisas que lhes aconteciam sempre se distanciando delas, para assim poder pensar em como as narrariam caso decidissem narrá-las. Era uma questão de sexto sentido, disse, o que me afastava parcialmente das experiências que vivia. Com isso, evidentemente, quis dar a entender aos possíveis espiões dos "presumíveis" que ficassem tranquilos, que pretendia levar meu segredo para Barcelona, que nunca contaria que havia passado por acontecimentos tão estranhos no Bairro das Artes.

Minutos depois de encerrada a entrevista pública, eu já estava com minha bagagem ao lado do táxi que ia me levar para o aeroporto. Sirés insistiu em me acompanhar, mas o dissuadi, eu estava com uma enorme vontade de ficar sozinho e meditar sobre o ocorrido. O carro logo seguiu para a Rambla Sur. De repente, quase não acreditei, vi, junto ao mar, Nikt — que reconheci perfeitamente — em uma conversa nervosa com Nicomedes. Pareciam discutir sobre algo que lhes era vital. Faziam parte os dois, portanto, de uma sociedade secreta? Dedicada a quê? Uma sociedade que se defendia dos intelectuais europeus que buscavam uma chave em Montevidéu? Ou Nikt e Nicomedes simplesmente discutiam por causa de alguma banalidade alheia a mim? Pensaram em me assassinar naquela noite, acreditando que eu voltaria para dormir no hotel do CCE, que ficava tão perto de onde eles discutiam, em frente ao mar? Preferi pensar — seria o ideal — que talvez fizessem parte do público da sala Estela Medina e tivessem tranquilos em relação ao que eu pudesse contar em algum lugar. Mas não estavam muito tranquilos naquele momento, dava para ver que discutiam acalorados na Rambla, o que me confirmou que, sabe-se lá por quê, o mar estava de ressaca, certamente o caudal inteiro do Rio da Prata.

Fiquei contente de ter fingido que não pretendia tirar vantagem do aterrorizante, dada a dificuldade de entendê-lo, desaparecimento de um quarto inteiro de hotel. Melhor assim, agir com prudência, porque o assunto parecia sério, como também era bem sério que minha vida pudesse estar em jogo. Porque "os presumíveis" eram um bando que, na melhor das hipóteses, podia ser um agrupamento angelical adorador de Cortázar e não queria mais nenhum fanático em seu clube. E nem queria pensar na pior. Talvez fossem os primeiros especialistas do mundo em crimes silenciosos que não são enquadrados no código penal: desaparecimentos de quartos de hotel.

O táxi seguia margeando o rio e eu pensava no ocorrido nas últimas horas e questionava se a história do desaparecimento de um quarto inteiro me atormentaria e perseguiria por muito tempo. Uma perseguição que podia acabar parecendo-se com a do conto "O perseguidor", de Cortázar, em que Johnny Carter, pseudônimo de Charlie Parker, buscava obsessivamente uma explicação para a existência de um mistério: o do Universo. Ou, na sua falta, buscava uma realidade para além do tempo real, uma suprarrealidade em que pudesse encontrar o sentido de sua existência.

Uma das últimas lembranças de meu percurso naquele táxi em direção ao aeroporto foi a da necessidade imperiosa que sentia de, o quanto antes, *apagar um caminho*, uma travessia a Montevidéu que me projetava para longe do "caminho perdido" antes de me trazer para mais perto dele.

Naquele momento, justamente quando me dizia isso, uma voz triste anunciou no rádio do carro "Summertime", interpretada por Charlie Parker, de quem Johnny Carter era um reflexo tão triste. Foi uma casualidade, que eu sabia que às vezes não se tratava de uma simples coincidência, mas para a qual, por coerência em relação àquilo em que eu estava dando voltas, não quis procurar sentido nenhum. Para quê? Uma explicação arruinaria tudo. De fato, partiria de Montevidéu sem uma explicação plausível para os fatos do Esplendor.

Mas o mais incrível de tudo que me aconteceu enquanto circulava naquele táxi foi que, por instantes, espantei-me ao ver que me transformara de verdade no homem da "parcialidade fria", justo o que tentara fingir que era. Porque, ao evocar de novo aquela monstruosa aranha gigante sobre a mala vermelha, tive que reconhecer, por fim, diante de mim mesmo, que, por mais que eu tivesse tentado enganar-me e, assim, não sofrer tanto, a aranha de quatro pares de patas na verdade estava viva, bem viva, e eu sabia bem disso. E então disse a mim mesmo que, bem, tratava-se de um detalhe que me era um tanto alheio, o que me horrorizou imensamente por ver que havia sido capaz de chegar a pensar que aquilo não era comigo.

5

Poucos dias depois de voltar a Barcelona, recebi a sempre bem-vinda ligação de Mario Desdini, filho de um bom amigo, um jovem estudante do Instituto de Matemática de Orsay, em Paris. De vez em quando ele passava pela cidade para rever seus pais e, às vezes, ligava-me para conversar, "para conversar por conversar", especificava.

Íamos sempre ao bar Bérgamo, na Calle Mallorca com a Rambla de Cataluña. Era um bar, disseram, que havia sido muito frequentado por Juan Rulfo em suas temporadas na cidade e ao qual eu gostava de ir, em parte pelas mesmas razões pelas quais Kobel havia ido ao antigo domicílio de Einstein em Berna, para ver se eu conseguia algum contágio, por pequeno que fosse, de seu inesgotável, grandíssimo talento.

Nos meus encontros com o jovem Desdini, um dia lhe contava a história dos matemáticos de Princeton, sábios aposentados aos quarenta anos que se dedicavam a ler a *Divina comédia*. E no outro revelava a existência da OuLiPo, associação de ciência e literatura que, como desconhecia, deixou-o fascinado. Em outros dias era ele quem me expunha problemas matemáticos insolúveis e eu sentia que não entendia muito, mas que aquilo que entendia sempre acabava tornando-se bastante útil.

Fomos novamente ao Bérgamo. E, levando em conta que não nos víamos havia um ano e eu continuava afetado em silêncio pelo "problema aparentemente insolúvel de Montevidéu", contei-lhe primeiro que havia passeado por aquela cidade, às vezes com um catalão chamado Sirés, que me levou à Torre dos Panoramas, e outras sem nenhuma companhia, só e feliz próximo ao mar, até que — pedi silêncio absoluto em relação ao que iria dizer — também havia passeado pelos corredores e escadas de um hotel labiríntico com pessoas que, notei, formavam sem confessar uma sociedade de conjurados e queriam algo de mim, nunca descobri o quê, e por via das dúvidas preferi escapar daquela exaustiva enrascada.

Dito isso, aproveitei para lhe perguntar — sabia que, entendesse o que entendesse, sua resposta seria útil para mim — se acreditava que havia alguma possibilidade de escapar, de sair, por exemplo, do labirinto mental que depois de Montevidéu se instalara em meu cérebro, embora, para não complicar mais as coisas, não tenha contado que a monstruosa aranha do quarto vizinho estava viva.

Naquele momento, no Bérgamo, tocava Marianne Faithfull cantando "No Moon in Paris". E quando o jovem Desdini me falou que aquela era a canção que mais o ajudava a pensar na vida e, por causa disso, a entristecer-se e, a partir daí, "soltar-se" na hora de expor problemas matemáticos, fiquei verdadeiramente na expectativa.

Acho que posso explicar algo a você — ele disse e, com sua autorização, gravei a resposta —, os caminhos aleatórios são caminhantes que decidem passear ao acaso num determinado labirinto. O tipo de pergunta interessante é: eles sempre voltam ao ponto de partida ou conseguem escapar? Em muitos casos, é uma questão fácil de responder porque só há duas forças em jogo: uma é a geometria do labirinto e outra, o caráter aleatório do passeio. A ideia é que, quando o caminhante retorna à origem, o jogo recomeça, esquecendo o passado, assim a probabilidade de voltar x vezes à origem é igual à probabilidade de que x caminhantes, no mesmo labirinto, voltem uma vez ao ponto de partida, à origem. Essa natureza de bonecas russas simplifica muito os cálculos. Se o caminhante não tem predileção por nenhuma direção, então, no caso de o labirinto ser uma linha ou um plano, ele acabará voltando ao ponto de partida, mas se o labirinto tem três dimensões, acabará escapando. A Terra, como o papel, pode ser vista como um objeto de duas dimensões, já que só há dois graus de liberdade (não andamos no ar). E agora vamos ao mesmo problema, só que o vendo pelo outro lado: o labirinto é aleatório, mas a trajetória não. É um problema mais complicado, mas que sem dúvida deve ser levado em conta. A ideia é pegar um labirinto, uma teia de aranha, o circuito elétrico e apagar caminhos com alguma probabilidade. A pergunta é a mesma: se o caminhante pode fugir ou se fica obrigatoriamente preso, o que vai depender apenas da geometria e da probabilidade de *apagar um caminho*.

Pareceu-me milagroso, ciências exatas por assim dizer, e, claro, muito prodigioso que Desdini tivesse falado em *apagar um caminho*. E acreditei ver, naquela coincidência, um sinal de que estava começando a restaurar minha rota para o "caminho perdido".

6

Apenas dois dias depois, recebia em Barcelona um iluminado e-mail de Madeleine Moore: "Estou exatamente ao lado da avenida Niévski e a poucos metros da casa, hoje museu, da família Nabokov em São Petersburgo. A cidade ainda tem algo, para não dizer muito, do que Andrei Biéli descreveu em seu romance *Petersburgo*, de 1916: cidade incrível, urbe fendida cheia de brechas, metrópole com boca de sombra sibilina pela qual o inferno fala. Nela me sinto inspiradíssima, sinto o que alguns chamam de 'o fluido psicológico'. Você vai estar em Barcelona no próximo sábado? Se estiver, podemos nos ver de manhã e falar da sua colaboração na Retrospectiva de minha obra que me encomendaram no Beaubourg. Você sabe por que chamamos o Pompidou de Beaubourg? Depois de ser aberto ao público, Baudrillard falou em um artigo sobre o *efeito Beaubourg* para denunciar a consagração do museu como espaço predisposto a acolher a cultura de massa e abrigar um puro simulacro como modelo de civilização. E o nome pegou. No fim das contas, Pompidou soava fúnebre e, por outro lado, soava a *pompa*, de maneira que não era apenas sobrenome de político, era nome de pompas fúnebres. Por isso, sou das que preferem chamá-lo de Beaubourg, embora seja um nome irônico. Bem, queria dizer que irei a Madri na quarta e, na volta de trem para Paris, no sábado, posso parar em Barcelona e me encontrar com você no bar que preferir. Gostaria que participasse de algum jeito da mostra que estou preparando. Adeus e *Поцелуи* (quer dizer 'beijos' em russo)".

Aquela proposta de Moore, embora eu ainda não soubesse exatamente no que consistiria, pareceu-me tão animadora como as que ela havia feito anteriormente. Gostava de participar de seus projetos e talvez dessa vez, além do mais, ela me ajudasse a superar — não sabia se queria de verdade — minha síndrome Rimbaud. Nada me agradava mais do que participar, sempre muito obliquamente, da "literatura expandida" que a grande Moore propunha.

7

O sábado chegou e me encontrei com Moore perto do meio-dia no Belvedere, bar próximo da livraria La Central, em Barcelona. Como eu já esperava, ela se interessou por minha história do 205, contada com todos os detalhes e sem esconder que a aranha gigante estava viva, e pelo desaparecimento do 206 numa só noite, e também pelo resto dos acontecimentos vividos no Esplendor de Montevidéu. Ela via relação entre o que eu havia vivido e o hotel de quarto único, o Splendide, que ela estava projetando para que abrigasse, no Beaubourg, a Retrospectiva de sua obra: *Madeleine Moore 1887-2058*.

Perguntei-lhe com meu melhor sorriso se ela havia nascido em 1887. Viveu tanto assim, Moore? Bem, disse, 87 foi um dos anos em que houve "exposições universais" na Europa e também o ano em que Marcel Duchamp nasceu. E 2058, você sabe, foi o título da grande Mostra apocalíptica de Dominique (Gonzalez-Foerster, sua amiga), no Turbine Hall da Tate Modern.

Moore pensava em sintetizar todo o seu trabalho de tanto tempo e reparti-lo pelos distintos estandes nos quais dividiria seu Splendide, em cujo exato centro ficaria o solitário "quarto único", cuidadosamente fechado, afastado de todos os olhares. O número do quarto seria 19, uma referência direta, falou, a um filme britânico de 1950 que sempre a intrigara, *Angústia de uma alma*, de Terence Fisher, interpretado por Jean Simmons e Dirk Bogarde.

Nesse filme, que na Espanha acabou chamando-se *Extraño suceso*, falava-se de um quarto de hotel que da noite para a manhã desaparecia de maneira muito misteriosa. O filme centrava sua ação na história de uma jovem inglesa e seu irmão, que viajavam a Paris para a Exposição Universal de 1889 e se instalavam cada um em um quarto de um luxuoso hotel do qual, na manhã seguinte à sua chegada, o quarto em que dormira seu jovem irmão, o 19, desaparecera, literalmente se esfumara e, para completar, todos no hotel negavam a existência desse irmão e ainda mais que houvesse um quarto de número 19.

Era difícil, disse Moore, ficar indiferente ao ver tantas coincidências de minha viagem ao Esplendor de Montevidéu com *Angústia de uma alma*. Talvez o "quarto único" de seu Splendide, falou, devolvesse ao mundo o quarto desaparecido em Montevidéu e, de passagem, sorriu, o do filme britânico.

Com certeza, acrescentou, é uma casualidade bem casual que, nos dois hotéis, o seu e o do meu filme, tenha ocorrido um incidente tão pouco frequente. Uma coincidência nem sempre é uma casualidade, falei. E trouxe à baila aquela relação que, segundo Sebald, de vez em quando brilhava através de um tecido esgarçado. Mas ou não me expliquei bem — o que é mais provável, porque, assim como acontecera no episódio *inenarrável* de Almeria, eu não tinha capacidade de contar o que me parecia inexplicável — ou, pior, minha explicação foi totalmente confusa.

— Bem, também é estranho que, estando nós dois a tantos quilômetros de distância nos últimos três meses — eu disse, tentando abordar o inexplicável de forma mais sensata —, tenhamos entrado em contato com histórias tão paralelas.

— Mas a minha — disse Moore — só aconteceu num filme. A sua, ao contrário, é coisa séria. E com aranha viva.

8

Quando eu menos esperava, Moore me falou da ideia que, segundo disse, já planejava havia tempos e que os fatos de Montevidéu só acabaram por precipitar: eu seria o único a ter acesso àquele quarto do Splendide. Haveria uma chave e seria unicamente para mim, uma chave que chegaria à minha casa, por carta registrada, uma semana antes da inauguração, na qual ela, claro, esperava ver-me.

Não consegui evitar pensar na chave que, em Montevidéu, disseram-me que os intelectuais europeus buscavam em Paris. E perguntei a Madeleine se ela não teria uma duplicata da minha chave. Claro que sim, disse, e brincou: para o caso de você ficar preso no quarto. Também ri ao ouvir isso, e junto se duplicava minha ansiedade para colaborar em sua Retrospectiva, embora tenha passado ao mesmo tempo pela minha cabeça um célebre verso de Rimbaud que pertencia a seu "As iluminações":

"Só eu tenho a chave desta parada selvagem."

Não consegui evitar — talvez porque, de certa forma, via *Virtuosos da suspensão* e a síndrome Rimbaud como parte do meu patrimônio pessoal — e, num rompante de absoluta humildade, e diria que também de absoluta justiça poética, pensei muito sinceramente que era Rimbaud, e jamais eu — pobre de mim — quem merecia ficar naquele quarto.

E o que o pobre Rimbaud faria no quarto único?, perguntou Moore. Fiquei pensativo. Você tem razão, disse, o que ele faria? E o que Rimbaud poderia fazer sozinho em um quarto de museu que foi pensado exclusivamente para você?, perguntou. Por ora, não sei, eu disse, confuso e fazendo, de brincadeira, uma expressão de homem enredado em uma leve, a caminho de ser gigantesca, confusão mental.

Você me fez lembrar do Rimbaud velho, disse Moore, do senhor desorientado que Le Clézio descreve em A *quarentena*. Não conheço o livro, eu disse. Numa escala em Áden, ou talvez em Harar, o velho Rimbaud entra em uma taverna transformado num sujeito patético e desenraizado, com olhos ferozes, mas sem firmeza, sozinho, tremendamente sozinho, porque estava sem a companhia da literatura, transformado num moribundo que envenenava os cães famélicos que perambulavam pela cidade.

Não sabia como me livrar daquele enrosco em que eu mesmo me metera ao querer que Rimbaud, centro nevrálgico de um livro que, pouco a pouco, havia-me perseguido e prejudicado, fosse meu substituto naquela fantástica proposta que Madeleine me fazia. Mesmo assim, no fundo continuava acreditando que Rimbaud deveria estar no quarto único. E por quê? Porque eu o vi *vivo*, num entardecer, na entrada da Pont des Arts. Resolvi contar para Madeleine: tive a impressão de vê-lo no final de uma tarde de verão, postado de pé, bem erguido e quase imóvel, provavelmente muito drogado e com um ar de fora deste mundo e dos outros mundos, bem no início da ponte, numa atitude de quem está contemplando, ensimesmado, a Île de la Cité.

Vê-lo ali e daquela forma não me surpreendeu demais, disse a ela, já que, no fim das contas, ele havia manifestado o quanto gostaria, após tantos anos em outro continente, que se reconhecesse que havia mudado de etnia. Perguntei a Moore se ela sabia disso. De modo algum, ela disse. Pois foi esse o motivo, falei, pelo qual Rimbaud, em sua carta, acabava dizendo que não se importaria de se ver literalmente *exposto* em alguma praça de Paris.

Sempre relacionara aquele pedido à grande euforia europeia das "exposições universais". Porque Rimbaud, sem saber, só pedia que o expusessem *da maneira* como, naquela época, exibiam em Madri, no Palácio de Cristal, o que hoje seria um escândalo fenomenal: cabanas de palha diretamente importadas da selva filipina, diante das quais era possível ver, *ao vivo*, "exemplares étnicos" daquele país, acho que da ilha de Luzon, nativos seminus.

Entendo, disse-lhe, que oferecer a ele o "quarto único" faria todos relembrarem que em Harar ele já expressara esse desejo de se ver *exposto*.

— Oh, não — exclamou muito teatralmente Moore —, você parece não saber o aspecto de Rimbaud quando regressou. Temo que você terá que se resignar a ser o único a ter uma chave do quarto único do Splendide. No seu lugar eu aceitaria, porque não terá uma oportunidade como esta de novo. Agora que você não escreve, pode mudar sua vida.

Pensei na quantidade de vezes que fiquei na fila do Beaubourg, e algumas vezes nem havia conseguido entrar. E agora, pensei, estão oferecendo-me um quarto no museu, é um salto no tempo.

Está bem, disse; por simpatia, resigno-me.

9

Estivesse vivo ou morto, fosse ou não Rimbaud aquele jovem ocioso e brutal que vi *vivo* na Pont des Arts, a verdade, para mim, era que com seu *Je est un autre* — uma frase numa carta, frase muito mitificada e que talvez tenha sido um simples erro de caligrafia — ele transformara a noção de identidade de muitos de nós. Moore quis então saber se era por causa disso que eu queria que ela expusesse o poeta no centro do variado jogo de espelhos de um quarto envidraçado, o que permitiria ver um Rimbaud múltiplo, plural, disperso em múltiplas direções.

Que eu saiba, disse-lhe, em nenhum momento havia mencionado um quarto envidraçado, e assim disse. E então, lembrarei para sempre, entrou um fino raio de sol no interior do Belvedere e aconteceu algo com que não contava e que me surpreendeu. Não concebi o quarto único — ela disse com repentina ira, como se o raio de sol tivesse duplicado sua energia — para exibir ninguém, nem mesmo Rimbaud vivo, mas para o contrário. Ela, como amiga, havia planejado para mim esse lugar solitário, esse quarto único, desde o dia em que ficou alarmada ao ver que o fato de não escrever me transformava num Rimbaud defunto.

Não acreditei no que ouvia. Porque nada eu odiava tanto quanto a palavra "defunto", e não se podia dizer que ela não soubesse.

— Além do mais, acho, como amiga — falou —, que lhe cairia bem conhecer seu verdadeiro quarto e nele refletir a fundo, e também buscar, se for o caso, uma porta que o conduza a uma nova paisagem e a um novo livro, a única forma, acredite, de não estar morto.

10

Não me tranquilizou o fato de ela ter falado de "uma porta" quando eu ainda via, em pesadelos descontínuos, a que desaparecera em Montevidéu e também a que fecharam por dentro, deixando cativa a monstruosa aranha. Além disso, aquela porta me lembrava do que disseram que era possível ler em *O jogo da amarelinha*: que havia um tipo de intelectual europeu que intuía que devia haver uma chave em algum lugar de Paris, e a procurava feito um louco.

Moore reagiu rapidamente à minha expressão de desconcerto, mudando a conversa. Você gostará, disse, e pode até ser que o alegre saber que o quarto único não terá quarto contíguo. Talvez tenha Luc Bouchez a uma boa distância. Luc vai trabalhar numa composição sonora e musical, parecida com a voz que ouvimos em nossa cabeça quando pensamos.

Perguntei-me como podia soar essa voz mental em que Luc Bouchez trabalhava se, para ser sincero, eu não sabia sequer o timbre da minha. E, enquanto me perguntava como seria aquela voz, lembro bem que foram passando os minutos, as horas, os dias e depois as semanas, os meses — nos filmes de antigamente, eram folhas de calendário de parede que, com grande facilidade, voavam — e aquele dia no Belvedere foi lentamente se afastando no tempo e eu continuei preso à tendência de não escrever nem uma só linha, fosse narrativa ou ensaística, nem uma só linha, esperando sempre o momento em que, talvez sem sequer me dar conta, inscrevesse em alguma página em branco algumas frases iniciais que encerrassem o bloqueio. Ainda que, às vezes, esperasse o contrário: manter a feliz vida rotineira, tranquila e insípida de quem prescinde de toda palavra escrita e passa a dedicar-se a um sem-fim de trivialidades.

11

Meses depois, muitas folhas de calendário mais tarde, eu descia na estação de Austerlitz, em Paris, para comparecer à inauguração da Retrospectiva de Moore. Assim que coloquei os pés no chão, encontrei um conhecido, um conterrâneo de Barcelona que me revelou sua estranheza por eu não publicar mais com a maníaca frequência de antes. Quis responder que pouco tempo antes havia estado em St. Gallen, num congresso que, para abreviar seu ribombante nome, eu chamava de "Congresso da Ambiguidade" e que, portanto, não me faltavam ocupações e estava inclusive percebendo que escrever não era imprescindível para mim. Mas aquele conhecido, famoso em Barcelona por ser um especialista em interromper todo mundo, não me deixou falar de St. Gallen.

Lembrei-me, então, de Lisa Barinaga em Lisboa e de quando lhe respondi como se fosse Duchamp. E tentei de novo, experimentei ver se dessa vez o jogo do *Je est un autre* funcionava melhor. Não era tão difícil: consistia em simplesmente reagir rápido quando alguém me perguntava se era verdade que não escrevia mais e responder em nome de alguém que não fosse eu, escolhendo para a impostura uma pessoa da qual eu tivesse lembrado pelo tom empregado na pergunta. E o tom em que ele formulou a pergunta foi tão tenebroso que decidi transformar--me em Lovecraft.

Sempre quis, no fim das contas, estar na pele do escritor de Providence, que desde os dez anos, desde muito jovem, apaixonou-se pela astronomia a ponto de só pensar nela, mas com a particularidade de que aquilo que mais o atraía nessa ciência não se encontrava no Sistema Solar.

Nesse dia, na estação de Austerlitz, com ar firme e deliberadamente sinistro, passei o indicador de um lado a outro do meu pescoço.

— Odeio a tinta — disse ao conterrâneo —, tenho problemas com ela porque é preta como o sangue do pescoço e tão obscura quanto o Universo.

— Não lhe pedia tantas explicações — disse o conterrâneo, mostrando que era um daqueles que ainda acreditam nelas.

Saí às pressas, feliz de ter-me transformado em Lovecraft por uns momentos e feliz também de ter-me livrado do conterrâneo barcelonês. Fui em busca de um táxi, assegurando-me de que levava comigo a chave do quarto único do Splendide, a chave da qual me sentia tão orgulhoso, entre outras coisas porque havia nela uma homenagem a Única, a famosa marca da chave e da fechadura da adega de *Interlúdio*, o portentoso filme de Hitchcock.

Dia, para variar, chuvoso em Paris. Percorri com o táxi várias avenidas e um bulevar e, meia hora depois, com um trânsito infernal, chegava ao hotel Le Littré da Rue Littré, trocava de roupa e me lançava novamente ansioso à rua, em busca de outro táxi que me levasse ao Beaubourg, ao qual me dirigi, transpondo as intransponíveis distâncias, com um entusiasmo parecido ao que Stendhal demonstrou quando, logo após chegar a Milão, lançou-se à busca do que é tão essencial que tem guiado tantas de nossas ações, o prazer que nos parece mais importante (no caso dele, a música): "Chego às sete da noite, extenuado de cansaço; corro para o Scala. Minha viagem está paga etc.".

Alguém comentou que Stendhal parecia um maníaco que desembarcava sua paixão em uma cidade dócil e na mesma noite se jogava literalmente nos locais de prazer que já conhecia bem. Sim, era verdade: realmente tinha algo de maníaco, e sua imagem correndo para o Scala confirma como uma busca pelo prazer pode desfigurar-nos, talvez porque os sinais de uma paixão fanática são sempre meio incongruentes, diminutos, fúteis, tal como são inesperados os objetos em que expressamos a transferência principal.

No meu caso, no lugar da adorável música italiana, o único sinal de minha paixão naquela tarde em Paris era a chave da marca Única que, como me havia sido prometido, chegou-me por carta registrada a Barcelona e que, até no táxi, de vez em quando eu confirmava que continuava no meu bolso, sabendo que me daria a oportunidade, no Beaubourg, de entrar em um quarto pensado para mim por Moore, talvez o "quarto autêntico", aquele *das eigentliche Zimmer* (o quarto verdadeiro) do qual Robert Walser falara em um de seus microgramas.

12

Mal entrei no Beaubourg e já encontrei Moore e seu namorado, e com eles comecei a percorrer a complexa Retrospectiva num itinerário que, em certos momentos, tive a impressão de que não tinha fim e podia acabar confirmando-se como um espaço circular e, como tal, inesgotável. De certa forma, havia nisso algo de pressentimento do que me esperava no quarto único.

Passamos várias vezes na frente da porta do quarto 19 e em nenhuma delas — o que me pareceu muito estranho — Moore fez a menor menção de indicar que ali estava meu quarto, meu quarto verdadeiro, ou meu quarto *único*, como ela o chamava.

Parecia que tínhamos pela frente todo o tempo do mundo, e era como se o 19 não estivesse pronto, ou simplesmente ainda não existisse. Por isso, quando Madeleine e René se embrenharam em uma conversa animada com o escritor Pierre Testard e com Luc Bouchez, aproveitei para escapar, para ir o mais longe possível de Bouchez, por mais que não o visse como meu potencial vizinho. Sem perder um segundo, dirigi-me ao 19, tremendamente ansioso pelo que pudesse encontrar nele.

Mas a ansiedade logo foi trocada por dois sentimentos opostos: de um lado, uma explosiva ideia de felicidade. E, de outro, uma premonição de fracasso, um fundado temor de estar a ponto de descobrir o que todo "escritor francês", com sua proverbial proximidade da lucidez, cedo ou tarde acaba avistando: a impossibilidade de descrever no papel a intensidade sem limites de uma alegria pessoal.

É um dos grandes momentos da literatura do século. O jovem Stendhal, conhecido naqueles dias como Marie-Henri Beyle, descobre a felicidade absoluta, mas sua prosa, como consequência direta de tanta ventura, vai dissolvendo-se, à medida que ele escreve, em palavras solitárias, tropeços, exclamações e alguns pensamentos incompletos. Nada que devamos estranhar. Porque, efetivamente, o que um escritor pode dizer daquilo que o leva para além de sua absoluta plenitude? Só lhe resta tentar reunir essas palavras, evitando o máximo possível qualquer titubeio que acabe desencadeando uma sucessão incontrolável de balbucios e outros gaguejos. Mas se, apesar de tudo, eles acontecem, o escritor, normalmente tão envaidecido de sua sintaxe, deverá aceitar sua completa derrota.

Em uma espécie de história paralela à de Stendhal em Milão, mas com óbvias variantes muito distintas, nesse dia no Beaubourg, primeiro fui com expectativa e alegria até a porta 19, mas foi vivamente decepcionante abri-la com minha chave Única e deparar-me com uma escuridão tão intensa que não podia ver nada, nem dar um passo. Nem mesmo um balbucio stendhaliano era viável ali porque se tratava do interior mais facilmente descritível que havia visto na vida, o que não oferecia nem mesmo a possibilidade da derrota.

Havia sido de verdade pensado para mim? A primeira coisa em que quis acreditar foi que Madeleine Moore não perdoara minhas possíveis reticências em relação a *La Concession française* e assim se vingava tanto do que suspeitava que eu pensava de seu livro como de minhas incompreensíveis palavras de desprezo quanto aos mundos interiores. Era como se quisesse me dizer: "Não acredita nesses mundos, não é? Pois aqui tem um deles. Cheio, isso sim, de escuridão interior, mas assuma que não vê nada porque não há nada. É o seu".

13

Não encontrei nenhum interruptor de luz e não conseguia me atrever a dar um passo à frente, pois se me estatelasse contra os azulejos e a porta se fechasse atrás de mim, e exagerando para poder rir um pouco, eu morreria bem no centro do Beaubourg. O medo de ficar preso naquela câmara escura fez com que, nos segundos seguintes, não me movesse do umbral.

Mas nada é para sempre. Quando timidamente foi-se fazendo luz no quarto verdadeiro, pude começar a vislumbrar que havia algo lá dentro, ainda que, quando me pareceu que veria o que era, bateu, como se movido por uma mola que minha chave Única talvez tivesse acionado, um vento cálido que produzia neblina, um vento que logo notei ser claramente artificial, mas que soube, dias depois, que até tinha nome. Chamava-se *foehn*, soprava na Baviera e era a última palavra de um romance escrito por John Ashbery com James Schuyler, *A Nest of Ninnies*. Ashbery se divertiu especialmente em terminar o romance com uma palavra, "foehn", que os leitores não conheciam e que, se quisessem averiguar o que significava, precisariam abrir um dicionário, ou seja, fechar um livro para abrir outro.

Quando a neblina do *foehn* perdeu a força, lentamente foi aparecendo à minha vista o único objeto que havia no quarto, situado praticamente em seu centro: uma mala vermelha. Não era a mala de Montevidéu, mas quase, porque também era antiga e o tamanho e a alça eram muito parecidos. De qualquer forma, apesar de ter achado a brincadeira de Moore meio fora de lugar, agradeci por ela, que conhecia de cor minha história do Esplendor, ter feito a gentileza de me poupar pelo menos da aranha monumental.

Obrigado, Madeleine, por ter eliminado a aranha viva, sussurrei. No fundo do quarto, havia outra porta. Como a maleta não pesava nada e tudo indicava que não havia nada dentro, fui até aquela porta, esperando que talvez meu autêntico quarto único se encontrasse atrás dela.

Tentei com minha chave, mas não consegui abri-la, o que já esperava. Era só isso? Uma mala e uma porta condenada ao fundo? Já podia ir embora do meu quarto, porque já havia visto tudo. Mas, quando menos esperava, irrompeu a voz que podemos escutar dentro de nossa cabeça quando pensamos, a voz que Luc Bouchez supostamente havia criado.

Embora já fizesse um tempo que não lembrava como era essa voz da minha cabeça, e nem sequer estivesse seguro de que alguma vez a tivesse ouvido, acabei reconhecendo-a como se a tivesse escutado a vida inteira, porque ela não apenas imitava muito bem a minha, como também não parava de dizer frases que eu reconhecia porque as havia escrito em diferentes épocas da minha vida. Frases que reconhecia com verdadeiro desgosto, por terem sido escritas em momentos pouco afortunados do passado. Madeleine queria que eu escutasse ali o mais "seleto" do que havia escrito ao longo dos anos? Se era isso, tratava-se de algo muito absurdo, e eu não conseguiria aguentar, porque havia escrito muito.

Por um momento pararam as frases, tantas delas escritas por mim sem pensar, mas não pude comemorar por muito tempo porque, nesse momento, irrompeu um coro de vozes:

— Sim, você escreveu muito.

Só faltava isso, disse em voz alta, tentando mostrar dignidade e bom humor e, ao mesmo tempo, afugentar, dentro do possível, o intrometido e fantasmagórico coro de teatro grego. Percebi que o silêncio que se seguiu também havia sido previamente gravado, isto é, calculado, planejado como pausa.

Sois almas penadas ou filhos da puta?, perguntei à maneira de Valle-Inclán em *Romance de lobos*. E o coro seguiu em silêncio, dando passagem à reaparição da voz mental atribuível a Bouchez, a voz que não demorou a me explicar que aquele quarto único era uma austera recriação do tão temido inferno, aquele lugar do qual apenas se sabe que dá voltas e mais voltas, tem forma circular e uma natureza próxima do insuportável.

Aquele quarto, definitivamente, aspirava a ser uma imitação da famosa, fogosa e terrível parcela que o Diabo dos cristãos possui em algum lugar secreto, e que conhecemos por inferno, mas sem os gritos de ira, sem as queixas e os sussurros. Não havia suspiros, nem choros, nem lamentos, nem alaridos, mas eu estava sem dúvida no lugar onde os escritores recebem como castigo escutar eternamente a trilha sonora de tudo que escreveram na vida. Um tormento infinito, infernal.

— Você está em Bogotá — disse a voz.

14

Comecei a me perguntar, preocupado, qual poderia ser a duração daquela agressiva gravação de Moore. Por quanto tempo ela calculara que eu devia escutar a sucessão de frases, com frequência estúpidas ou infames, todas minhas, tão unicamente minhas como aquele quarto único? O que eu não conseguia compreender era por que Moore se dedicara a tão desagradável tarefa. Porque o panorama daquela Bogotá infernal, mesmo que fosse possível distanciar-se dele ou tomá-lo como uma brincadeira pesada, era de tiro na cabeça, de suicídio direto.

Não quis esperar mais e liguei para o celular de Moore, para lhe perguntar o que era *aquilo*. Não esperava que ela, rodeada por tanta gente na inauguração, atendesse, e menos ainda tão rápido como atendeu. Eu lhe disse que havia entrado no quarto único e queria saber de quem era a mala vermelha e por que não havia mais nada e nem sequer a porta de saída do fundo funcionava.

Bem, retifiquei em seguida, na verdade há algo mais, estou ouvindo o tempo todo as piores frases que escrevi na vida.

— Sim, você escreveu muito — o coro insistiu.

A mala pertenceu a Marlene Dietrich, respondeu Moore sem hesitar. Foi um presente que a atriz ganhou de Josef von Sternberg após filmar *O Expresso de Shanghai*. Fingi que permanecia impassível diante do que havia ouvido e até pensei que ela só dissera aquilo para poder pronunciar — sabia que isso a fascinava — a palavra "Shanghai". Houve um breve silêncio, que interrompi para comentar que a mala era tão áspera e horrenda quanto o quarto e perguntei se havia urdido tudo aquilo para me afundar. Outro silêncio, ao qual se seguiu outra pergunta minha: quis saber se o que ela pretendia era que eu tentasse sair dali pelo quarto contíguo. Porque, se é isso que pretendia, falei, o quarto contíguo está fechado.

Outro silêncio. Até que Moore reapareceu:

— Mas você não estava sem ideias?

15

Seguiu-se um ruído de chuva torrencial, de chuva violenta, como se toda a água dos mares do planeta caísse sobre o inferno. Um efeito acústico. Há muitos anos, era de fato a marca-d'água (a expressão nunca foi mais adequada) de todas as "ações artísticas" que Madeleine Moore realizava, o efeito que ela chamava de "tropicalização" e que, desde que começou a passar longas temporadas no Rio, na casa de sua amiga Dominique, costumava aparecer em todas as suas ações artísticas.

Não sei por quanto tempo me senti hipnotizado pelo rumor da chuva que despencava e pela sensação de que o mundo só existia quando eu o percebia, embora também achasse possível que o mundo existisse além de mim mesmo, o que, nesse caso, só poderia acontecer porque sempre havia outra pessoa que o estava percebendo, pois, do contrário, não haveria mundo, nem estrelas, nem Universo, nem nenhuma paranoia. A pergunta que aquela sensação provocava era a mesma que ouvira Michi Panero tantas vezes se fazer: estamos na terra dos vivos ou em outro lugar?

— Você está em Bogotá — a voz me relembrou.

Para mim, foi como se me dissessem: você está na terra dos mortos. Nenhum nome de cidade no mundo poderia transmitir-me mais angústia do que aquele, porque ali, em Bogotá, eu havia passado por uma dura experiência de vida. Aceitara o convite para ir àquela cidade para fugir do inferno em que se transformara minha vida privada em Barcelona e, ao chegar lá, logo notei que havia ido parar num inferno de proporções muito superiores.

Para começar, encontrei uma cidade em estado de sítio, algo que ninguém me avisara no aeroporto de Madri, e algo com que jamais contava e que, num primeiro momento, até me excitou, quando insinuaram que era por problemas com a guerrilha. No entanto, o motivo real daquele estado de sítio era mais prosaico e absolutamente inédito para mim: no dia seguinte, recenseariam a população, e todos deveriam permanecer nos domicílios em que estavam registrados, esperando a visita dos funcionários do Estado.

Por causa disso, eu veria, nas primeiras horas do dia seguinte, uma Bogotá completamente deserta, a primeira cidade que via assim, quase sem ninguém na rua, fora grupos de policiais motorizados controlando as avenidas — algumas chamadas de *carreras* — e evocando imagens de *Blade Runner*. Na praça Bolívar, junto à grande praça da Catedral, não se via ninguém, salvo dois simpáticos bêbados que xingavam o presidente da nação.

No dia anterior, no aeroporto, demorou para se resolver o contratempo de eu não possuir um salvo-conduto para ir à cidade. Mais de uma vez havia contado a Moore esses momentos de angústia, o que, a longo prazo, podia ter inspirado a criação daquele inferno do 19, tão, mas tão exclusivo para mim e tão, mas tão desconfortável.

Foram longos trâmites para obter o salvo-conduto e, no final, fui conduzido — afinal de contas, eu era um convidado oficial, jurado de um prêmio nacional de narrativa colombiana inédita — em um carro de polícia, que foi aos solavancos pelos buracos da estrada até chegar a um arranha-céu, o Orquídea Real, na Carrera 10; o antigo Hilton, disseram-me. Um hotel com muitos quartos, mas quase nenhum ocupado, o que não deixava de parecer estranho. Nas manhãs, havia muito poucos hóspedes no térreo, no grande salão de café da manhã, o mesmo salão em que, na noite da minha chegada, li esta irônica manchete no jornal *El Tiempo*: "Amanhã seremos recenseados para ver quantos de nós sobramos".

Os outros dois membros do júri (mexicanos), suas cônjuges e eu achávamos inacreditável que quase ninguém tomasse café da manhã ali. Mas o mais estranho daquele arranha-céu fantasmagórico se dava sempre quando os dois jurados, suas acompanhantes e eu voltávamos para o hotel, vindos da rua, e devíamos sempre subir pelos elevadores acompanhados de policiais silenciosos e mal-encarados, que manejavam cães que, nervosos, farejavam em busca, supúnhamos, tanto de pólvora quanto de cocaína.

16

No decorrer dos dias que passei ali, achava sempre muito estranho e perigoso dar uma volta pelo centro da cidade, passear até a vizinha praça Bolívar. Não conseguia sentir-me seguro nem na companhia dos jurados mexicanos, que eram altos e fortes, uma vez que o perigo, nas suas múltiplas variações — estávamos nos últimos dias do século passado, quando tudo era conflagrado na Colômbia —, manifestava-se em todas as esquinas e gerava intranquilidade constante, e porque o horror visual podia afetar até o cidadão mais especializado em espantos. Lembro que naqueles dias falavam sem parar das crianças assassinas, que matavam por encomenda e por uma ínfima soma de dinheiro, e que eram conhecidas pelo nome imoral de "as descartáveis".

Acreditávamos ver essas crianças em todos os lugares, da mesma maneira que víamos na porta de qualquer loja um segurança que evidentemente não nos ajudaria se tivéssemos algum problema. Acrescentava-se a tudo isso, contribuindo para a criação do horror visual, a presença dos mendigos e dos loucos, dos mendigos loucos e dos loucos que assediavam com olhares perdidos de profundo ar sonâmbulo. Eram todos inofensivos, mas à primeira vista davam muito medo.

De todos aqueles dias em Bogotá, o que mais perdurou na minha memória foi um instante de surpresa e terror e de filme de Hitchcock. Já estávamos havia três dias no hotel e, quando já nos habituáramos a subir velozes pelo elevador até os andares mais altos, onde estava hospedada quase a totalidade dos raros clientes, um dos elevadores parou inesperadamente no quinto andar, onde jamais havia parado. Foi um breve momento de frio terror mudo, que durou apenas o tempo de se abrirem e fecharem as portas metálicas e nos permitiu entrever o que o ventre daquele edifício ocultava: os escritórios do Ministério da Justiça, camuflado naquele andar depois que o ministério anterior inteiro, situado na praça de Bolívar, fora atacado pela guerrilha urbana do M-19, o Movimento Dezenove de Abril, e no fragor do combate que se seguiu acabou completamente incendiado, embora, pelo que nos disseram, nunca se tenha chegado a saber direito quem provocara o fogo. Para se preservar de possíveis novos ataques, o ministério havia sido transferido para o Orquídea Real, o "confortável hotel" onde nos hospedaram.

17

Até Bogotá começar a revelar a beleza que tantas vezes convive com o horror. No dia em que a notei, tudo melhorou. Situo esse momento na visita à Biblioteca Nacional que programaram para os jurados. No começo, achei cansativo passar a manhã visitando, quase por obrigação, aquele centro que parecia oficial demais, mas tudo mudou quando vi o branco e sutil edifício da Biblioteca, desenhado por Alberto Wills. E mudou mais ainda quando nos disseram que, fundada em 1777, aquela fora a segunda biblioteca pública da América Latina. E uma jovem e excepcional guia nos informou que, em seus anos de universidade, para poder estudar em silêncio, refugiava-se na modesta salinha de música, assim como aqueles que não tinham meia dúzia de trocados para entrar no café, um jovem García Márquez, já então conhecido entre seus amigos como Gabo, nome que correspondia à necessidade de abreviar seus sobrenomes.

Segundo o próprio Gabo, entre os raros clientes do entardecer, ele odiava particularmente um barulhento, de nariz heráldico e sobrancelhas de turco, com um corpo enorme e sapatos minúsculos como os de Buffalo Bill, que entrava todo dia, sem falta, às sete da noite e pedia que tocassem o concerto de violino de Mendelssohn. Era Álvaro Mutis, que por muito tempo Gabo acreditou ter cumprimentado pela primeira vez muitos anos depois daqueles dias da Biblioteca Nacional, "na idílica Cartagena das Índias de 1949".

Esse encontro cartaginense parecia, aos dois, ser o primeiro, até uma tarde, muitos anos depois, quando Gabo ouviu Mutis dizer algo casual sobre Felix Mendelssohn. Foi uma revelação que o transportou imediatamente para seus tempos de universitário na deserta salinha de música. "Só depois de muitos anos — escreveu Gabo — naquela tarde na casa de Mutis, no México, consegui reconhecer de repente a voz estentórea, os pés de Menino Jesus, as trêmulas mãos incapazes de fazer um camelo passar pelo buraco de uma agulha. Caralho, disse a ele derrotado, então era você."

18

"A inteligência serve para encontrar o orifício, o olho, o buraco, o oco, por menor que seja, que nos permita escapar daquilo que nos aprisiona." Venho utilizando esse conselho paterno não apenas quando estou angustiado até não poder mais, mas também quando, ao terminar de escrever um desses romances que costumava levar a um cul-de-sac, ficava muito difícil pôr em ação o próximo projeto. De fato, os amigos perguntavam: "E agora, depois disso, o que você vai fazer?". E, assim, numa tarde, acreditei descobrir que escrevia romances para, ao final deles, iniciar o que me interessava de verdade: a heroica busca de como sair deles.

Depois do fragmento "Paris" e de meu fulminante e às vezes, apenas às vezes, angustiante bloqueio como escritor, tive a impressão indemonstrável de que as pessoas haviam começado a conjurar para que eu vivesse histórias que, após um tempo, exigissem de mim que fossem narradas e me devolvessem ao "caminho certo". Comecei a resistir um pouco a isso, mas me dei conta de que, com ou sem resistência, eu vivia mais para escrever, embora não escrevesse.

Essa impressão, que com o tempo noto que foi bastante intuitiva, ajudou-me e diria que até me consolou no inferno de Bogotá da porta 19 ao oferecer a esperança — e ao mesmo tempo o desejo de estar errado — de que Moore tivesse provocado uma complicada situação para que eu saísse dali falando do que tinha vivido e chegasse inclusive a sentir a imperiosa necessidade de escrevê-lo.

Mas por ora, eu me dizia, o melhor é exercitar a inteligência e buscar o oco ou, na sua falta, esse mínimo "buraquinho" (como o chamou Bioy Casares) que em algum momento pode permitir que eu escape desta Bogotá que me mantém aprisionado. No fim, continuava dizendo a mim mesmo no Beaubourg, sempre acabava escapando das diversas armadilhas que todos os livros que terminava armavam para mim e, por conseguinte, não tinha por que ser tão difícil encontrar uma possibilidade de fuga naquele quarto.

Eu queria fugir do meu "quarto verdadeiro"? Quase sem perceber, passei a chamá-lo só assim, ao estilo de Robert Walser, talvez porque me animasse cada vez mais com a ideia de que podia ter chegado a uma área muito especial, na qual me seria revelada, se é que já não estava sendo revelada, minha verdadeira identidade.

Pois bem, os minutos iam passando e a única coisa que eu vislumbrava era que minha mais autêntica identidade habitava o inferno e que minha walseriana — e, portanto, era de esperar, doce e serena — *das eigentliche Zimmer* estava, segundo Moore, em Bogotá, entre uma Justiça incendiada e uma Biblioteca branca e aérea.

Pensar nisso fez com que eu me concentrasse numa fuga urgente de minha verdade. Havia uma única saída, que era a entrada, ou seja, eu não tinha outra escapatória senão voltar atrás, ao lugar por onde havia entrado, para poder abandonar Bogotá. A outra, a que impediria que a porta de entrada fosse a única possibilidade de fuga, dependia só de que minha chave Única servisse também para essa porta do fundo, que parecia comunicar-se com o resto da Retrospectiva, com a zona na qual Moore, com a colaboração de sua amiga Dominique, havia emulado o interior dinamarquês que Vilhelm Hammershøi pintara em *Os quatro quartos*.

E era curioso, pensei, porque aquela obra prima de Hammershøi às vezes me lembrava, conforme o estado de ânimo com que a observasse, da peregrinação involuntária que, através de certas portas que confluíam num corredor, eu iniciara recentemente. Era involuntária aquela peregrinação? Talvez porque, em certas ocasiões, parecia controlada por uma conjuração que operaria na mais sombria das zonas de sombra. Em outras, eu parecia controlá-la plenamente em minha busca por um caminho antigo do qual sabia muito pouco, salvo que era um trajeto que se extraviara, e eu nele. Para mim, procurá-lo significava, de cara, regressar a uma época em que ninguém impunha que as histórias tivessem sentido e, além do mais, eram todas destituídas de qualquer traço de obrigação de tê-lo. Eu o procurava desde que meu amigo Paco Monge, pouco antes de morrer, despediu-se assim: "E por que não pensar que, lá embaixo, também há outro bosque no qual os nomes não têm coisas?".

E o procurava, acho, pelo próprio prazer da procura e também para um dia poder celebrar, como é devido, o fim dos enredos, ainda que seja paradoxal ver-me, no momento, inserido num deles, extraviado num deles, perdido no corredor de Hammershøi. Mas confiava que, em algum momento, o enredo seria pausado. Ou o que dava no mesmo: que a última frase de Ferlosio em seu discurso do Cervantes se tornasse realidade: "O argumento ficou parado e sobreveio a felicidade".

19

Dependia só de a minha chave Única servir também para abrir a porta do fundo e eu poder entrar no quarto contíguo, que parecia apontar uma saída mais digna do que voltar para trás, até a porta de entrada, já transposta e com a obsessiva mala vermelha no meio do caminho.

Fui aproximando-me da porta do fundo com passos cautelosos, mas a Santa Indecisão apoderou-se de mim por instantes, fazendo com que eu fosse infiltrado pelo medo de estar caminhando na direção contrária e para a armadilha final, como aquele rato de Kafka a quem o gato dizia que bastava mudar a direção de sua marcha. E o comia.

Ainda assim, dei um passo e depois outro, e parecia que avançava por um caminho perdido, repleto de quartos abandonados.

Você está em Bogotá, interveio o coro, mas suas vozes já soavam muito distantes.

Foi quando vi, bem do lado da fechadura da porta do fundo, uns leves arranhões na madeira, algo como as marcas de um animal que tivesse fuçado ali. Quando? E que tipo de animal? Não são marcas de bicho nenhum, disse a mim mesmo pouco depois, voltando à razão, mas signos, símbolos, sinais humanos deixados pela passagem do tempo. É possível que eu tenha dito isso sob o impacto da conversa com Cuadrelli, semanas antes em St. Gallen, sobre um tema que ele dominava amplamente porque se especializara para umas aulas particulares que deu em sua época em Boston: a história inesgotável dos *sinais egípcios*.

Não era por acaso que aquelas marcas estavam nas portas de meu quarto em Montevidéu, disse a mim mesmo, e o mais provável era que fossem apenas sinais casuais que não tinham a intenção de me mandar nenhuma mensagem. Um pouco mais animado por chegar a essa conclusão, convenci-me quase totalmente de que minha chave Única também devia servir para aquela porta de saída. Experimentei alegremente a chave e não funcionou e me senti mais aprisionado do que nunca. Não me restava nada a fazer por ali e não via melhor opção do que, sob o trovejante ruído da chuva tropical, abandonar Bogotá do jeito que fosse ou, o que dava na mesma, retroceder e retroceder, tentar alcançar com a dignidade possível a porta de entrada do 19 e, perdendo até a vergonha, bater em total retirada.

Estava justamente me preparando para escapar, mas ainda

continuava na frente da porta do fundo, quando algo que às vezes imagino como um invisível meteorito caído daquele céu escuríssimo que o precário teto do quarto imitava fez recair sobre mim essa espécie de sopro divino que ninguém sabe explicar ou explicar-se e que recentemente, em St. Gallen, Cuadrelli havia chamado de o Sopro.

20

> *Sussurrava na porta um roupão brilhante de seda.*
> Andrei Biéli, *Petersburgo*

O Sopro me lembrou que a câmera do meu celular permitia inspeções noturnas e também que, uma semana antes, confirmara certos poderes visuais que eu havia preferido esquecer, sem conseguir totalmente, talvez porque o Sopro — meu *Genius* ou, na versão cristã, o Anjo da Guarda — velasse por mim.

Uma semana antes, estava na minha casa de Barcelona, naquelas horas da noite em que a energia vital declina, brincando com minha câmera, filmando, com visão noturna de raios infravermelhos — bastava apertar "usar modo noturno" —, diversos lugares da casa, sem qualquer surpresa, até que parei no corredor e dei uma olhada no, para mim sempre tenso, pequeno quarto de hóspedes. Já sabia, por experiências anteriores, que, se olhasse fixamente nos olhos da escuridão, lentamente se formava uma sombra que sempre dava a impressão de que, se eu insistisse e mantivesse o olhar cada vez mais fixo, não demoraria para se transformar num fantasma completo e pleno: talvez um hóspede que eu tivesse esquecido e que vinha, do grande território dos velhos tempos, para me ver.

Nas primeiras ocasiões em que isso aconteceu, saí de lá bem

antes que se concretizasse. Mas, naquele dia, intuía que, com o "usar modo noturno", era quase garantido que eu pudesse ir além e ver mais do que uma sombra se formando. Então me atrevi ou, melhor dizendo, experimentei ver o que acontecia, sabendo que sempre podia sair dali se tudo se complicasse demais.

Assim, em vez de olhar com perseverança nos olhos da escuridão, apertei a visão noturna da câmera do meu celular e, em poucos segundos, vi o que afinal sempre acabava vendo, só que dessa vez se formava com maior rapidez: aquela presença estranha em forma de sombra móvel, uma presença que passava a impressão de pertencer a um dos hóspedes ocasionais que talvez nunca tivesse ido embora dali ou gostasse tanto do lugar que de vez em quando voltava, como aquele fantasma bobo de Dickens que, dispondo de todo o espaço do mundo, sempre voltava exatamente ao quarto em que havia sido tão desprezado.

Embora também seja verdade que, mais uma vez, se não consegui ver além da visão habitual foi porque, quando a sombra começou a aparecer, não esperei que se incorporasse e, mantendo a dignidade, mas não totalmente, porque não havia testemunhas na cena, saí voando dali.

21

Pois bem, disse a mim mesmo, foi por algum motivo que o Sopro me lembrou que a câmera do meu celular contava com essa visão de raios infravermelhos de tecnologia de ponta e que se movia na escuridão como o radar de um barco, encontrando outra realidade. Porque o Sopro não agia sem motivo. Enfim, estava tão preso em Bogotá que tinha que buscar em tudo que estivesse ao meu alcance a possível saída, aquilo que meu pai chamava de o orifício, o olho, o buraco, o oco, que me permitisse escapar dali.

Encontrando-me, então, ainda na frente da porta do fundo, em que minha chave não servia, foquei-a com minha câmera e passei a filmá-la com "usar modo noturno", descobrindo, em poucos instantes, a imagem de uma nova porta, totalmente invisível para o mundo real. Nunca vou me esquecer desse momento e da emocionante lembrança de finalmente ter entendido o que era descobrir: ver de outra maneira o que ninguém antes percebera.

Havia, portanto, duas saídas, embora uma fosse invisível, exceto para quem usasse minha câmera noturna e comprovasse até que ponto ali havia duas portas, e não uma. A primeira coisa que me perguntei foi se a porta invisível também tinha marcas e arranhões junto ao buraco da fechadura. Mas a porta invisível, na realidade, era ligeiramente diferente da visível, para não dizer que estava a anos-luz dela. Para começar, era novíssima, sem história, limpa, sem arranhões, sem marcas, sem sinais egípcios, sem traços de qualquer arranhão animal, sem aranhas vivas.

Uma porta nova.

Tinha que dar em algum lugar — o mais provável era o corredor de Hammershøi —, mas eu ainda precisava verificar. Era como se, no momento, fosse apenas uma porta e num outro dia pudesse ser um livro, ou uma janela aberta, voltada para um velho caminho bogotano, por exemplo, um caminho colombiano de outro século, sem casas nem de um lado nem de outro, nem mesmo colombiano ainda, um trajeto dos arredores, totalmente perdido no tempo.

Eu poderia ter ficado nervoso, mas aconteceu o contrário, relaxei e fiquei do jeito como se fica na hora de acordar, quando se sente certa comoção e estupor, porque se está a meio caminho entre *ainda não ser totalmente a pessoa que se é* e a suspeita de que se está diante da *oportunidade de ser outro indivíduo*, e até de que qualquer outro setor da memória se desenvolva, o que, no meu caso concreto, naquele dia, fez com que me visse passeando por uma fenda muito parecida com o buraco da fechadura daquela porta nova, onde a neblina do presente e a do futuro estavam estagnadas. Na verdade, estavam tão paralisadas que me permitiam ver ruas agitadas de Nova York pelas quais havia passeado, uns meses atrás, com Enzo Cuadrelli: um pequeno labirinto urbano próximo ao mercado italiano Eataly e ao famoso arranha-céu em formato de cunha, o Edifício Flatiron, um labirinto que Cuadrelli e eu criávamos com nossos próprios passos.

Ele e quem andava a seu lado éramos como dois caminhantes que haviam decidido passear a esmo num labirinto urbano que crescia conforme nos perdíamos nele. Embora, vistos do alto do Edifício Flatiron, certamente fôssemos outra coisa: duas peças de xadrez, por exemplo, perdidas no tabuleiro de um grande problema matemático que nos levava a perguntar se saberíamos algum dia voltar ao ponto de partida ou se conseguiríamos escapar.

Acabávamos de sair do mercado, depois de almoçar num restaurante que ficava no subsolo e no qual se entrava por uma sinistra porta que parecia, à primeira vista, hermeticamente fechada, mas na verdade não estava ali exatamente para isolar o ruído, e sim para dar ao subterrâneo uma aparência de local clandestino dos tempos da Lei Seca. Um local que prometia emoções, mas apenas porque sua porta parecia prometê-las.

Na saída daquele restaurante, caminhamos por um bom tempo sem rumo, conversando sem parar, a princípio sobre a biografia que, fazia tempo, ele escrevia sobre Bartleby, o copista de Wall Street. Ele a havia abandonado, disse-me inesperadamente, para se dedicar a um livro sobre o movimento surgido precisamente do relato de Melville: o Occupy Wall Street, que, em setembro de 2011, manteve bloqueado o Zuccotti Park de Lower Manhattan com o objetivo de *ocupar continuamente o bairro financeiro de Nova York*, e assim tornar visível e claro o protesto diante da "cobiça corporativa e da percepção de desigualdade social".

Disse-lhe que me parecia boa ideia, mas que era uma pena que ninguém se preocupasse em desmistificar aquela frase de Bartleby, cujas palavras haviam ficado inclusive enrugadas pelo tempo. Não se preocupe, ele disse, porque em Buenos Aires há vários projetos em andamento, está cheio de jovens e velhos escritores que encontraram uma causa pela qual escrever: desacreditar o "acho melhor não".

— E quantas pessoas vivem de tentar desprestigiar a frase?

— A imensa maioria — disse Cuadrelli, talvez exagerando.

Não é que a existência de tantos jovens e velhos dedicados a esse descrédito me tranquilizasse muito, me senti obrigado a comentar. E então lhe falei de Fronteiras Nebulosas, o congresso em St. Gallen para o qual nossa amiga Yvette Sánchez nos convidara. E ao falar disso recordei certas incursões pelo território suíço que fizera com ela, sendo que a minha preferida foi a que nos levou a sentar por um longo tempo, um tempo muito longo, num banco da catedral da Basileia, e prestar uma homenagem silenciosa à tumba de Erasmo de Roterdã, para alguns o Rei dos Indecisos, embora certamente fosse o contrário, ele soube justamente levar adiante sua decisão de se manter sempre entre dois fogos, sem tomar o partido dos católicos ou o dos reformistas, o que acabou por deixá-lo sozinho ao final da sua vida, ainda que com a consciência de ter sido livre e independente até o fim.

Aquela nossa incursão na catedral da Basileia mudou muita coisa em minha vida, mas não meu costume de viver na indecisão, que sempre tentou acompanhar-me a todos os lugares, e o conseguiu muito bem.

Não saberia dizer em que momento de nossa caminhada pelo labiríntico distrito de Flatiron deixei de chamar o congresso de Fronteiras Nebulosas e passei a chamá-lo de Congresso da Ambiguidade. O fato é que Cuadrelli reparou bem nisso, e pude comprovar quando, sessenta dias depois, apresentei-me aos encontros de St. Gallen sem ter a mais remota ideia de que Cuadrelli, em sua conferência "Dúvidas de Labirinto", ia surpreender-me dando detalhes bastante pontuais, beirando o particular, daquele passeio pelo distrito de Flatiron.

22

Na verdade, o visível é apenas um resíduo do invisível. Por isso, naquele momento no Beaubourg, eu estava filmando com raios infravermelhos através de uma fenda parecida com o buraco da fechadura da porta e, ao mesmo tempo, via-me passeando com Cuadrelli por Nova York. Andávamos pelos arredores do grande mercado Eataly e, um pouco mais tarde, na verdade meses depois, ele ministrava sua conferência "Dúvidas de Labirinto" em uma sala da Universidade de St. Gallen, cuja porta posterior dava para uma imponente, grandiosa pintura do Richter da primeira fase: uma pintura da qual costumava apropriar-me mentalmente.

Claro que eu estava entre os espectadores da conferência e não demorei a entrar em estado de alerta quando vi que Cuadrelli narrava um momento de indecisões dos dois, mas especialmente minhas, em nosso passeio por aquele distrito de Manhattan.

"Agora vou citar um caso 'real', assim, entre aspas, em parte para destacar essa dimensão compartilhada pela realidade e pela literatura chamada de experiência", disse Cuadrelli, para começar a contar que, meses antes, depois de ter almoçado em um dos muitos restaurantes próximos ao Flatiron, "caminhava com um dos palestrantes aqui convidados…"

Fiquei em estado de alerta por causa dessas últimas palavras, disposto a prestar, da minha mesa, a máxima atenção ao que teria que ouvir sobre mim. Não nos dirigíamos, prosseguiu Cuadrelli, a nenhum lugar em particular e, num momento de silêncio distraído, meu acompanhante me informou ou, melhor dizendo, disse em tom de confissão que também participaria deste encontro em St. Gallen, que chamou de Congresso da Ambiguidade, para em seguida acrescentar que estava cada vez menos convencido do significado da palavra "ambiguidade", porque, se no passado lhe parecia um conceito bastante claro, de repente passara a lhe parecer a cada dia mais obscuro, já que o encontrava sempre em todas as partes, inclusive quando não o esperava.

Depois dessas palavras, Cuadrelli abriu parênteses, quase um período de descanso, talvez pensando em me dar uma chance de relaxar. E então prosseguiu aparentemente apenas enrolando ao enfocar as circunstâncias que envolveram o suicídio de Raymond Roussel no quarto 224 do Grand Hotel et Des Palmes, de Palermo: circunstâncias que Leonardo Sciascia investigou anos depois para chegar à conclusão de que "os fatos da vida sempre se tornam mais complexos e obscuros, mais ambíguos e equívocos, ou seja, como eles *verdadeiramente* são, quando são escritos".

Palavras de Sciascia que insinuavam que escrever talvez fosse aproximar-se do verdadeiro caráter das coisas, com suas ambiguidades e trevas, e que me lembraram as tão conhecidas de Santo Agostinho, quando confessou que não sabia explicar o tempo, e assim — grande paradoxo — o explicou muito bem. Num plano, claro, muito mais modesto, lembraram as minhas quando, em Manhattan, disse que sempre tomara como óbvio o conceito de *ambiguidade* e, no entanto, nos últimos tempos, ele ia tornando-se cada vez mais obscuro para mim.

Ao contar do suicídio de Roussel no quarto 224, Cuadrelli não se esqueceu de destacar que, até bem poucos anos atrás, a direção do Grand Hotel et Des Palmes sempre considerara Wagner seu hóspede mais ilustre, o que não teria nada de estranho se não fosse porque nem sequer levavam em conta Roussel, era como se ele nunca tivesse passado pelo hotel e menos ainda, lógico, lá se suicidado.

Nem preciso dizer que essa total ignorância da passagem de um escritor por um hotel me trouxe imediatamente a lembrança inevitável do Esplendor de Montevidéu, e de como lá pareciam não acreditar, ou não conseguiam acreditar, ou não queriam de jeito nenhum acreditar que Cortázar havia sido hóspede do lugar.

Depois dos parênteses rousselianos, Cuadrelli continuou sua minuciosa evocação de nosso passeio por aquele distrito de Nova York e voltou ao momento em que pôr em questão a ambiguidade nos levou a ficar indecisos na hora de atravessar a Quinta Avenida. Eu não tinha consciência de ter vivido aquele momento, mas tampouco do contrário. Na versão de Cuadrelli, os carros freavam para nos dar passagem, sem perceber que a ambiguidade posta em cena impedia que avançássemos: "Foi como se uma síndrome de vacilação nos perseguisse e tivesse escolhido aquele momento para nos maltratar".

23

A síndrome de vacilação!

Naquele exato momento, pensando no livro que poderia ter escrito sobre o sintoma daqueles que cultivavam a Dúvida Eterna, arrependi-me ainda mais de ter-me ocupado da síndrome Rimbaud naquele livro cuja perseguição ainda me incomodava tanto.

Aquele comentário sobre a ambiguidade, prosseguiu Cuadrelli, tinha-nos encurralado e submetido, no labirinto urbano, ao que se poderia chamar de Regime de Indecisão: "Essa sensação de que podíamos manter a indecisão por um tempo indefinido. Tudo isso me fez pensar que ela poderia ser vista como a expressão cênica da ambiguidade".

Limitei-me então, de minha mesa, a dizer a mim mesmo: perfeito, ele conseguiu fazer com que eu me sentisse um ator da ambiguidade e, depois disso, já sei a partir de que posição no palco farei minha conferência de amanhã.

Mas, de tudo que Cuadrelli falou em "Dúvidas de Labirinto", o que mais me chamou a atenção foi seu comentário sobre a possível imagem que poderíamos transmitir a alguém que, da janela alta de algum andar próximo, estivesse acompanhando a história de nossos passos e da súbita freada dos carros. O que esse observador poderia estar interpretando? Certamente nossas dúvidas o teriam transformado num completo indeciso na hora de saber por que nós agíamos com tantas dúvidas. Cuadrelli o explicou da seguinte maneira: "Supus que com certeza alguém nos observava de alguma janela. Será que havíamos representado uma ambiguidade de princípio, que tinha como efeito gerar ações opacas e razoavelmente inclassificáveis, ou uma ambiguidade de sentido, ou seja, cedíamos à ambiguidade instalada no mundo desde suas origens?".

Depois que tudo acabou, essa última parte — a ambiguidade instalada no mundo desde suas origens — foi o que mais retive do que Cuadrelli disse. Acordei à meia-noite, após um sono agitado, perguntando-me — já indeciso em proporções desproporcionais — como teria sido a ambiguidade nas cavernas paleolíticas. Uma pergunta, pensei, que só poderia vir de alguém como eu, que acabava de sair de um sonho complicado e que, por outro lado, havia sido, durante um breve período de sua vida, um estudioso apaixonado das cavernas paleolíticas. Mas não, para minha surpresa, imediatamente me dei conta de que não era eu quem fazia aquela pergunta no sonho, e sim o jovem matemático Desdini, aquele filho de um amigo de Barcelona com quem de vez em quando conversava no Bar Bergamo.

Em uma tentativa de assumir o comando do sonho que acabava de ter, de repente me perguntei se nas cavernas sobrava tempo para exercitar a indecisão com talento. Se pintavam nas paredes dessas cavernas, deviam dispor de tempo também para a ambiguidade, pelo menos para pensar nela. De qualquer forma, disse-me, com indecisão congênita e fazendo um enorme esforço para responder a mim mesmo, estou certo de que há vestígios de indecisão em cada uma das pinturas de todas as cavernas. Em seguida, como não fiquei muito satisfeito com o que havia acabado de dizer, e levando em conta que ninguém saberia, atribuí a resposta ao jovem Desdini.

24

Sobrevivente do inferno, continuava na Bogotá do Beaubourg e passeando com Cuadrelli por St. Gallen. Era o dia seguinte ao de sua conferência e caminhávamos por aquela cidade de Appenzell, exatamente como meses antes havíamos caminhado por Nova York: buscando, indecisos, um restaurante. Depois de uma longa sequência de dúvidas, em que a síndrome da vacilação reinou à vontade, decidimos entrar no Café Gschwend, no número 7 da Goliathgasse. Subimos por uma escada estreita ao salão do primeiro andar. A jovem garçonete suíça sabia falar nossa língua porque, segundo disse, era casada com um espanhol, torcedor fanático do Real Madrid.

Após novas indecisões — nada de outro mundo, aquelas habituais em nós dois —, Cuadrelli resolveu insistir na cerveja e não pedir o segundo prato, diferentemente de mim, que pedi um que tinha, como todos os demais, um nome indecifrável. O que pedi tinha o insondável nome de *cannegehirne* e não quis que a garçonete o explicasse; preferi que Cuadrelli pensasse que eu era um bom conhecedor da comida daquela cidade e que não achasse, além disso, que eu aspirava a repetir a cena de Nova York, com minhas dúvidas sobre a ambiguidade.

De qualquer forma, não deixava de ser normal que, ali em St. Gallen, eu pensasse na sequência de Nova York, porque já haviam passado horas da conferência de Cuadrelli e a importância da palavra "ambiguidade" ia aumentando entre nós. E também, em geral, em todo o congresso, até o ponto de que encontrar com um conferencista no corredor do hotel podia virar uma exaltação um tanto teatral desse fenômeno que se produz quando interpretamos um acontecimento da vida real em dois sentidos totalmente diferentes.

Havíamos começado a comer em silêncio quando o rompi com uma frase arriscada, porque podia parecer a priori uma provocação, de fato desnecessária. Perguntei se o senhor que passeava com ele em "Dúvidas de Labirinto" era eu. Cuadrelli procurou um palito e, ao não encontrar, pediu um paliteiro, e nesse trâmite, do qual participou ativamente a garçonete do Real Madrid, gastou um precioso minuto que esfriou a conversa.

Quando a retomamos, esqueci que me propusera a ser precavido em relação ao tema e me dediquei a contar detalhes de minha viagem a Montevidéu, em busca do quarto de "A porta condenada", de Cortázar. Acho que, como aquele título do conto não lhe dizia nada, ficou surpreso pela atração que eu parecia sentir por aquela porta e pela hipotética realidade terrível que eu acreditava ocultar-se ao redor e atrás dela.

Pensei em revelar, sem que eu mesmo soubesse ao certo, o

porquê daquela atração. Mas como eu não conhecia exatamente esse porquê, preferi desviar a conversa para outras paisagens mais simples em vez de complicar minha vida refletindo sobre a dificuldade que temos de explicar aquilo que, por seu mistério extremo, ninguém jamais soube explicar direito.

Se reparar, disse a ele, não há um único escritor, por mais que recorra à psicanálise, que verdadeiramente saiba por que escreve. Alguns sabem, sim, disse Cuadrelli, mas são os mais estúpidos. E não conheço, eu disse, um único escritor que tenha conseguido, por exemplo, explicar por que, ao encontrar um problema naquilo que estava escrevendo naquele momento, saiu para dar um passeio e, ao voltar para casa, viu que a dificuldade havia sido resolvida. Antes, falou, chamavam isso de "inspiração", e antes ainda de "sopro divino", mas não há um único escritor que saiba o que realmente acontece aí. Bem, só os escritores muito ruins sabem, falou. Sim, é verdade, esses explicam bem detalhadamente tudo que fizeram, falou, e com sua estupidez denunciam que não são escritores nem nada, acreditam que explicar o livro é explicar a história que se pode ler nele. E os piores, falei, são os que garantem que não podem explicar a parte mais interessante da história porque a arruinariam ao contá-la. Rimos juntos. Não há nada, falou, que o autor possa acrescentar a um bom romance que tenha escrito, nada a contar, ou não deveria fazê-lo se fez direito seu trabalho, e isso sempre foi assim, porque a própria escrita do romance já é uma explicação de algo que aconteceu na vida ou na cabeça do narrador; algo que exigia ser colocado em palavras e que acabou dando forma ao livro.

Mostrei-me plenamente de acordo. No fim das contas, eu disse, propor uma explicação não deixa de ser algo muito complicado, e talvez seja uma tarefa sem esperança e condenada à redundância. Um pouco mais tarde, voltamos ao tema da inspiração e ao antes chamado "sopro divino". Sim, falou, na verdade os escritores acreditam apenas nesse sopro; por exemplo, veja Coleridge — pelo visto, ditaram a ele um poema inteiro. Certamente toda a sua obra, acrescentei, para ver como me saía sendo um pouco malévolo. Sim, claro, falou. Basta ler as entrevistas que dão quando publicam um novo livro, falei, e vai ver que não há ninguém que saiba explicar o que fez. Sim, disse Cuadrelli, é como se todos escrevessem a partir do ditado do morador do quarto contíguo. Perguntei como ele achava que esse morador se chamava. O Sopro, disse Cuadrelli. E ficou bem tranquilo. Mas eu, menos. Como lidar com aquilo? Deixei que passasse como um sopro.

25

Falávamos de escritores como se não o fôssemos e como se nos fizesse bem não nos sentirmos escritores. O que interrompeu tudo, como não podia deixar de ser, foi aquela menção, que me pareceu irônica, ao "quarto contíguo", talvez porque, com essa indireta, ambos voltamos a nos sentir escritores, e eu mais do que ele, por mais bloqueado pela síndrome que estivesse. Foi estranho, inclusive, porque, salvo pelo trecho final, meio esquisito, a conversa fluiu, ainda que tenha tido aquele desfecho forçado ou desconcertante com Cuadrelli acreditando ser o Sopro. Mas não era o caso de pedir que me explicasse essa parte final, porque era evidente que me diria que, se tivesse que explicar, o que havia dito perderia seu mistério. Tentei dar uma guinada no tema de minha atração por portas, umbrais e chaves, e não me ocorreu nada melhor do que recitar um provérbio chinês ("A porta melhor fechada é aquela que se pode deixar aberta"), o que provocou uma sombra de desagrado na expressão de Cuadrelli; não consegui naquele momento saber se por causa da minha boba guinada oriental ou porque ele sentia profundo desinteresse pelas portas.

E tudo mudou quando Cuadrelli, meio afetado pelo álcool, deu sinais suficientes de que conhecia perfeitamente o relato "A porta condenada". Pelo que me disse, era exatamente porque o conhecia que andava um pouco intrigado com algo que não ficara muito claro em minha viagem a Montevidéu: por que não consegui passar pela mesma porta condenada que horas antes havia atravessado. Eu também gostaria de saber, falei, mas cheguei a pensar que fui enredado pela fração de uma, digamos, loja maçônica, a mesma que, uns anos atrás, sei que organizou diversas reuniões no hotel quando ele ainda se chamava Cervantes.

Cuadrelli, segurando o riso como podia, olhou-me incrédulo. Mais do que uma loja, falou, devia ser uma dessas pequenas sociedades secretas que existem em muitos lugares do mundo e que fazem parte da chamada, se não me engano, Rede Cortázar, ou A Mansão do Cronópio, ou A Mansão do Caranguejo, ou algo desse tipo.

Também pensei em algo assim, falei imediatamente, mencionei a loja para despistá-lo, para ver se você resolvia confessar que pertence à Aranha Cortázar.

— Rede Cortázar — corrigiu-me. — Ou, se preferir, a Ordem do Grandíssimo Cronópio Maior.

— Não, a Ordem da Grandíssima Aranha Maior — insisti para ver se citar indiretamente a aranha principal movia afinal alguma montanha.

E lhe falei da teia de aranha dos gerentes e funcionários que, em Montevidéu, conforme eu mencionava Cortázar, foram aparecendo na agitada recepção do Esplendor. Mas isto é especular muito, disse Cuadrelli rindo, porque vejo os devotos de Cortázar ligados à Ordem da Grandíssima Aranha Maior, como diz você, mas não aos hotéis. Talvez, falei, sejam seres perdidos pelo mundo, globos verdes com cabeça de rã, desenhos nas margens das páginas, toda essa família de animais que apareciam nos relatos de Cortázar. Não eram animais, disse Cuadrelli, eram globos verdes, famas, cronópios, não havia rãs, nem girinos, nem mosquitos.

Havia uma sobre um globo verde, disse por ter ouvido falar, o que ele possivelmente notou, porque a sombra de desagrado voltou ao seu rosto. Uma o quê?, perguntou. Uma rã, eu disse. Seria a prima de um cronópio, falou, e deixou claro que zombava de mim. E como é essa história de Ordem do Grandíssimo Cronópio Maior?, perguntei. Não, disse Cuadrelli, falei da Ordem da Rã Maior.

Não consegui segurar, saiu espontâneo, quase como um grito, o pedido para que voltássemos a ser — ou, no mínimo, que voltássemos a conversar — como escritores.

— Na Ordem da Rã Maior, todos são — falou.

26

Estava em Bogotá e Bogotá não estava enquanto eu comia em St. Gallen com o cada vez mais agitado Cuadrelli. Nisso chegaram meus *cannelloni* suíços. Surpresa, disse, porque o prato é bastante estranho. Seu nome já era, *cannegehirne*, lembrou Cuadrelli, você acha que são feitos por uma seção suíça dos ranários maiores?

Ranários? Não sabia se aquela palavra existia. E não respondi. O que poderia dizer? Talvez fosse, afinal, a indireta mais clara para que eu entendesse que ele pertencia àquela ordem, supostamente cortazariana, e para que eu caísse na tentação de querer associar-me a ela. Ou, ao contrário, era só uma brincadeira para rir de qualquer preocupação que eu pudesse ter.

No fim, durante o passeio anterior ao restaurante, Cuadrelli havia insinuado que todos os fantasmas que me acompanhavam de maneira tão óbvia resultavam do fato de que eu trabalhava como um escritor sem escrever e que me enredava com aranhas todo o tempo que economizava por não me sentar à escrivaninha.

Dito de outra maneira, e quase com as mesmas palavras do próprio Cuadrelli: num escritor, tanto quando está escrevendo como quando está desconectado do ofício, a contribuição misteriosa do subconsciente é *fantasmagórica* porque costuma manter-se em contato direto com espíritos desconhecidos, ou já bem reconhecidos por ele mesmo, com uma força que, cedo ou tarde, acaba-se considerando sobrenatural, acostumando-se, além disso, ao espectral, e por isso é capaz de ver uma aranha muito preta e muito viva onde há um suéter preto de gola alta.

Não podia admitir uma conjectura desse tipo. E como os *cannegehirne*, além da forma de cérebro humano que apresentavam, eram, ainda por cima, um manjar sumamente ambíguo, comentei que era como se quisessem homenagear nosso não menos ambíguo congresso. Cuadrelli voltou a me olhar com gesto reprovador, como quando citei aquele provérbio chinês. E logo depois fotografou o prato peculiar e psicodélico. Você precisa enviar essa foto para mim em Barcelona, falei. Como não me apetecia nem um pouco devorar aquele prato, ofereci-o gentilmente a Cuadrelli, que imediatamente perguntou se eu queria que ele se transformasse numa ameba. Você já viu como uma ameba comedora de cérebros se contrai?, perguntou. A verdade é que não e que nem sequer sabia que as amebas desempenhavam essa atividade, falei.

Só recuperamos uma certa sintonia ao batizar aquele segundo prato com o nome de *cannelloni cannegehirne*. Fiquei chocado ao ver Cuadrelli rir de repente. E ria, falou, porque o psicodélico o fazia lembrar da minha cidade natal. Não sabia do que ele estava falando, porque Barcelona era cinzenta e muito pouco psicodélica. E também o fazia lembrar de Cortázar, falou, que, quando era bem pequeno, morou na minha cidade. Nunca tinha ouvido falar disso. Parece que o criador dos cronópios já tinha uns dez anos quando começou a se sentir atormentado por imagens psicodélicas em forma de azulejos, semelhantes a luzes de outros mundos, e perguntou à mãe de onde vinham aquelas imagens tão incomuns que via. E a mãe lhe disse que aquelas imagens eram reflexos do Parque Güell de Barcelona, aonde o levavam para brincar todo dia, quando ele tinha dois ou três anos.

Vejo que está muito indeciso em terminá-lo, interrompeu a garçonete, ironizando ao ver que nem havíamos provado aqueles *cannegehirne*. Estava a ponto de lhe explicar que não era indecisão, mas fascínio e oculta repugnância ante aquele manjar tão cerebral. Finalmente, como ela entendia espanhol, disse-lhe que o prato me parecia tão incomum e tão belo que não queria estragá-lo comendo. Compreendo, respondeu, nem um pouco convencida. E, ainda por cima, acrescentei, é excepcionalmente ambíguo, acho que não foi concebido para ser comido, mas para ser visto. Ela se calou e me olhou como se já não me entendesse mais. Em seguida, deu meia-volta e foi embora, justamente quando o sistema de som começava a tocar "She's a Mystery to Me", com Roy Orbison. Pensei que o mais provável era que a garçonete, acostumada apenas a um léxico futebolístico, tivesse deixado de compreender o espanhol.

27

Ainda não lhe disse, falou Cuadrelli, mas quando penso no seu episódio de Montevidéu me lembro de "História com migalas". Fiquei desconcertado. Lembrava, ou acreditava lembrar desse título de Cortázar, mas não tinha certeza de que ele estivesse falando daquele conto e não queria citar logo Cortázar e parecer muito obcecado por ele. Sim, disse Cuadrelli, um conto de Cortázar muito posterior a "A porta condenada" e no qual ele recuperou exatamente o tema dos quartos ao lado, nesse caso um bangalô na Martinica, e não um quarto de hotel.

Nem de longe eu era um especialista no escritor argentino, ainda que, nos últimos tempos, parecesse viver na atmosfera dos seus relatos. Lembrava, sim, de ter lido essa "História com migalas", há muitos anos, na revista *Quimera*, e de não a ter entendido totalmente. Talvez por isso ela me perseguiu durante um tempo, até que parou e eu a esqueci. Uma das coisas que nunca entendi era precisamente que diabos eram as migalas. Naquela época não havia Wikipedia e, apesar de ter dicionários em casa, não costumava consultá-los. Eu lhe digo, disse Cuadrelli, as migalas são aranhas gigantes e vorazes, andam pela América do Sul e pela África e muitas chegam a medir, com as patas, vinte e cinco centímetros, comem pequenos animais, inclusive alguns pássaros, são incríveis.

Em minha primeira leitura, disse a ele, também não havia entendido alguns aspectos da trama, não apenas por não saber exatamente o que era uma migala, mas também pela ambiguidade do que era narrado. Ao ouvir isso, Cuadrelli me resumiu a história, dizendo que tratava de duas mulheres, as narradoras, que viajavam a uma praia da Martinica e se instalavam em uma ala de um bangalô dividido em dois. Talvez se lembre, disse Cuadrelli, que o desconforto em forma de murmúrios que, a princípio, as duas vizinhas causavam às narradoras logo se transformava num sentimento de curiosidade em relação a elas, em relação à outra ala do bangalô. O conto terminava abruptamente quando as narradoras assumiam uma atitude cada vez mais agressiva ou, em outras palavras, iniciavam uma mutação, um processo de transformação em migalas preparadas para matar.

Ficava para trás, disse Cuadrelli, uma das frases iniciais do relato e que, chegando ao final da história, podia ser interpretada como irônica: "Somos uma maravilha recíproca como vizinhas, nos respeitamos de uma maneira quase exagerada".

E à frente ficava, aguardando sua oportunidade, o final ambíguo, aberto às mais diversas formas de interpretação, embora a mais óbvia, se havia algo ali que pudesse ser plenamente evidente, era que ocorrera uma involução das narradoras para estados mais primitivos. Muito mais primitivos, ao ponto de que tudo indicava que, depois de voltar à animalidade, estavam transformando-se em aranhas gigantes, de quinze centímetros ou mais, assassinas de oito patas que pareciam garras: "É só margear a cerca viva que prolonga a divisão das alas do bangalô; abrir a porta que continua fechada, mas que sabemos que não está, que basta encostar na maçaneta. Não há luz ali dentro quando entramos…".

Ao ser lembrado desse momento em que as narradoras adentram, como migalas assassinas, na outra metade do bangalô, também recobrei em parte a memória daquele conto e, sobretudo, a lembrança desse final do relato que, na época em que li, pareceu difícil de decifrar e que agora até me fez recordar a mim mesmo no quarto 205 do Esplendor, tentando passar para o 206 pela porta condenada e encontrando-a fechada e, ainda por cima, com uma aranha minúscula, recentemente desenhada ao lado da fechadura…

Entre uma coisa e outra, acabei notando que fazia um tempo que Cuadrelli tentava explicar-me algo que já deveria ter saltado aos meus olhos: a aranha gigante de Montevidéu, a aranha viva que media uns quinze centímetros, podia perfeitamente ser uma migala.

28

Eu continuava na infernal Bogotá do Beaubourg, postado na frente das duas portas de saída, e passeando com Cuadrelli por St. Gallen. Sentia-me emocionado pelo que estava pondo em ação, especialmente porque tentava, desde jovem, seguir o percurso fulminante dos circuitos mentais que capturam e relacionam pontos afastados no espaço. Paris, Bogotá, Cascais, St. Gallen, Barcelona, Montevidéu eram nesse momento o circuito pelo qual, como se fosse minha câmera, eu me movia na escuridão como o radar de um barco, encontrando outras realidades e outros portos, e outras portas.

Uma dessas portas era a da biblioteca medieval de St. Gallen, pela qual, capturados pela câmera do meu celular, Cuadrelli e eu entrávamos naquele momento, depois de termos passado pelo transe de ter que calçar umas pantufas gigantescas, imensas, que Cuadrelli, não sei se de maneira muito oportuna, disse que pareciam migalas.

Era o dia seguinte ao daquele estranho almoço no Café Gschwend da Goliathgasse. E, ainda que não em forma de comida, outras peculiaridades atravessariam nosso caminho ali na biblioteca, nenhuma tão estranha como entrar na sala central, de um barroquismo extraordinário, e ver que os cinquenta mil manuscritos escolhidos para serem expostos compartilhavam o espaço com a múmia egípcia Shep-en-Isis (Schepenese). Deparava-se com ela ao se virar depois de consultar o conteúdo de algum mapa ou de ter-se alegrado com as lombadas de livros antigos, alinhadas em vitrines impecáveis. E o susto era sempre extraordinário.

Schepenese, soubemos depois, foi descoberta no século XIX, na parte sul do templo funerário de Hatshepsut, na margem ocidental do Nilo. Um ano mais tarde, foi enviada para a Suíça, onde se transformou em objeto de estudo dos pesquisadores, e era a múmia egípcia mais célebre de todo o país. Eu juraria que a visão daquela raridade — raros como também às vezes éramos nós, reparando apenas no anômalo ou no incompreensível — irmanou-nos por momentos; tanto nos uniu que nos divertimos ao recitar, ao mesmo tempo, uma frase solta que conhecíamos de Frédéric Dard, que havíamos lido casualmente e de quem sabíamos apenas que era o autor de trezentos romances e desta frase imemorial: *"Je me suis* suissidé *en Suisse".*

Tudo na biblioteca medieval de St. Gallen parecia mover-se na fronteira entre o real e o fictício, mas tudo era real, absurdamente real, o que não significava que eu não lembrasse que o visível não deixava de ser apenas um resíduo do invisível. De alguma forma, o invisível apareceu categoricamente num momento em que nós dois estávamos concentrados na visão da não muito agradável múmia, e Cuadrelli tirou da manga, surpreendentemente, o nome de um lugar obscuro para mim, muito distante e jamais ouvido, Zihuatanejo, uma praia no Pacífico mexicano, e uns bangalôs chamados La Urraca, onde ele suspeitava que Cortázar concebera ou escrevera "História com migalas".

Ao ouvir isso, imediatamente propus a Cuadrelli que retomássemos a ideia sempre fundamental do jogo e viajássemos a Zihuatanejo e, agachados — como migalas com pantufas na cabeça —, espionássemos nossos vizinhos de bangalô, fossem quem fossem, apenas pelo prazer de encenar uma representação teatral ao redor de Sua Senhoria a Ambiguidade. Cuadrelli fez que não tinha ouvido e, quando saímos da biblioteca, devolvemos as pantufas em meio a um ou outro comentário divertido da parte dele, enquanto eu me desculpei por ter ido longe demais.

Falando objetivamente, você foi longe, disse Cuadrelli, porque Zihuatanejo fica muito distante mesmo e seu próprio nome já o faz viajar para a lonjura. Disse isso e lançou um último olhar para as pantufas, como se o segredo daquele lugar estivesse concentrado nelas. Perguntei se quando dizia lonjura falava também do invisível. E também do estranho, disse Cuadrelli, e sobretudo do Outro.

Para Cuadrelli, o Outro era o que destrói a lógica, a normalidade, e impede que o cotidiano siga seu curso: algo bem presente, especificou, nos relatos de Cortázar já desde o primeiro, "Casa tomada", em que o Outro era uma força impessoal, algo sem nome que irrompia na casa e a ia ocupando, obrigando os que lá viviam a agir de maneira diferente, talvez a reconstruindo.

É verdade, disse a Cuadrelli, e tentei insinuar que o Outro reaparecia em "A porta condenada". Mas Cuadrelli, que por sua forma de falar cada vez revelava mais seu conhecimento sobre a obra de Cortázar, já adquirira o costume de ir mais longe do que eu em tudo. E disse em seguida — tropeçando nas palavras pelo tanto que já havia bebido — que de fato o Outro reaparecia em "A porta condenada", mas sobretudo, muitos anos depois, no conto de maior ambiguidade dentre os que Cortázar escrevera e do qual, no fundo, já me falava havia horas.

— "História com migalas"?

Exato, disse Cuadrelli, um relato em que o Outro, o estranho, eram as duas protagonistas narradoras, o desconhecido eram elas, porque o leitor conhecia tudo sobre a vida turística naquela praia quase deserta e com bangalôs da Martinica, mas, ao chegar ao final, em uma meia-noite de terror apenas esboçado, não lhe restava outra opção senão deduzir...

Então foi interrompido pela tosse e pela tensão criada pela boa quantidade de álcool que ingerira e pelo desejo, que percebia nele, de me provocar medo, sem que eu soubesse por que queria provocá-lo.

A tosse parou e, depois de um instante de longo suspense, recuperando a capacidade da palavra, retomou seu discurso, contando-me que para o leitor de Cortázar não restava outra opção a não ser deduzir que as narradoras eram migalas de quatro pulmões e mandíbulas e patas muito brutas que, com sua ação iminente, irromperiam naquele mundo praiano para transformá-lo, para reconstruí-lo por meio do sistema às vezes eficaz de destruí-lo, e, por fim, para matar.

29

Horas depois, no animado bar do hotel, voltei a encontrar Cuadrelli, que havia tomado um banho, parado de beber já fazia algum tempo e se recomposto ao extremo de parecer outro, de se mostrar como a pessoa mais serena e adorável do mundo.

Aproveitei sua grande transformação para lhe confessar, sem nenhuma ambiguidade, que sempre achara que ele não era um bebedor tão resistente. E Cuadrelli, numa atitude estranhamente educada e em claro contraste com seu anarquismo verbal de horas atrás, quis saber se ele me cansara demais com suas ideias, destacou, "sempre provisórias".

Disse-lhe a verdade, havia sido difícil suportá-lo naquela interminável meia hora em que ficou tão obcecado pela múmia egípcia de Shep-en-Isis. O resto, disse a ele, foi bastante divertido. Meu pai dizia isso, acrescentou Cuadrelli, que para as pessoas ajuizadas os bêbados parecem palhaços e que não vale a pena desperdiçar energia para entreter essa gentinha. Não quis vestir a carapuça. Isso é o de menos, pensei, o importante é que agora dá para falar com ele. Mas ele se fechou num mutismo estranho, como se ter parado de beber o afundasse numa forte melancolia. Um mutismo estranho do qual saía muito de vez em quando e sempre tomado por uma curiosa timidez e apenas para dizer frases que não terminava. Como, por exemplo:

— A propósito do Egito...

A clássica atitude de quem deixou de beber e, de intrometer-se em tudo, passou ao extremo oposto.

— O que a propósito do Egito?

Eu o ouvi resmungar por uns segundos algo que lembrava as vibrações pouco audíveis de um homem que parecia revisar o que ia dizer, embora, na verdade, logo tenha percebido que ele sabia perfeitamente bem o que ia dizer.

— A propósito do Egito, pensei muito sobre o seu episódio de Montevidéu e acho que tenho algo a dizer sobre o sinal da migala, aquele símbolo que atravessou seu caminho.

Segundo Cuadrelli, a migala de Montevidéu em cima da mala vermelha não tinha nada de casual, ainda que pudesse parecer, e até ser. O mais provável era que o desenho a lápis da aranhinha no centro da porta condenada, ele falou, só tivesse sido colocado ali como enigma visual, no estilo egípcio.

Do que ele estava falando? Daqueles enigmas visuais, continuou a dizer, dos quais se serviram, em séculos passados, especialmente no Egito, poetas e teólogos a serviço dos faraós. Já tinha pensado nisso, falei, mas não o quis sugerir por medo de parecer ainda mais paranoico. Então você deve saber, falou, que tanto os poetas quanto os teólogos do Egito antigo consideravam uma impiedade fazer os mistérios da sabedoria chegarem, com caligrafia vulgar, aos profanos.

Sabia, mas nunca tinha entendido muito bem, confessei. Pois saiba que se eles julgavam que algo era digno de conhecimento, representavam-no com diversas figuras de animais e coisas, porque não queriam que chegasse ao conhecimento geral, mas apenas àqueles que, através dos símbolos propostos, penetrassem no segredo.

Ao ouvir a palavra "segredo", comecei a pensar na pergunta que mais tinha vontade de fazer a ele, pergunta que, na verdade, encaixava-se bem na minha paranoia Cortázar, paranoia que aumentara nas últimas horas, desde que, entre outros avatares, de repente me convenci de que descobrira algo incrível e que me passara tanto tempo despercebido: Cuadrelli era o sobrenome de um famoso personagem de *O jogo da amarelinha*. Se não me enganava, no livro de Cortázar o personagem Cuadrelli correspondia a um velho escritor convencido de que o romance era um gênero que alterara suas regras ao longo do tempo e que tinha, além disso, a vantagem de não se submeter a nenhum formato.

Era, sem dúvida, uma casualidade, mas de casualidades minha vida já estava cheia. Como se não bastasse, acabava de me lembrar — enganando a mim mesmo — que, em *O jogo da amarelinha*, Cuadrelli era a "consciência crítica do narrador", ou seja, do próprio Cortázar. E havia outra casualidade que achei que também havia percebido perfeitamente e que eu queria explorar: a aranha artificial que separava minha varanda de Cascais da de Jean-Pierre Léaud.

Depois de resumir minha noite em Cascais, pedi a Cuadrelli que me dissesse o que pensava daquela casualidade de uma aranha artificial no meu caminho, anterior à migala viva e ao desenho da aranhinha de Montevidéu. Era uma pergunta intermediária, planejada para acabar falando de uma casualidade tão grande como a de que ele se chamasse Cuadrelli, como o personagem de *O jogo da amarelinha*.

A aranha de Cascais, falou, está livre de suspeita, é só um capricho ultramoderno daquele hotel. Apenas isso, Cuadrelli? Está bem, se quer procurar pelo em ovo, pense que Léaud trabalhou em *Week-end à francesa*, um Godard baseado num conto de Cortázar. Sim, eu sei, baseado em "A autopista do sul". Exato, falou, mas isso não nos leva a nada, você não acha? Bom, falei, acho que tudo leva a Cortázar. Ou não, disse Cuadrelli, talvez apenas nos leve a um escritor enganador, mas garanto que você não consegue indicar nenhum que, no fim, não tenha enganado.

Senti que ele me dava a resposta de bandeja. Não sei, falei, conheço Cuadrelli, o personagem de O jogo da amarelinha. E de repente, com uma expressão de escândalo, ele soltou sua pergunta letal:

— Será que você não quer dizer Morelli?

Queria que a terra me engolisse. Nenhum Cuadrelli havia sido a "consciência crítica" do narrador de O jogo da amarelinha. Nem sequer aparecia um Cuadrelli naquele livro. Eu podia permitir-me erros sobre a obra de Cortázar, porque nunca falei que era um especialista nela, mas confundir um sobrenome como Cuadrelli com Morelli me colocava em uma posição ridícula. E de fato ele me olhava como se eu é que tivesse bebido demais naquele dia.

Acabei de me lembrar, disse Cuadrelli, tenho que dar boa-noite a uma rã menor do lago. E com aquela, em teoria, disparatada desculpa, desapareceu do bar e, apressado, sem que eu soubesse o motivo da pressa, desceu as escadas até o jardim do hotel, dando a impressão de que interpretava um papel para reforçar, aos meus olhos, o efeito indubitável da fuga.

Não muito depois, fui até a grande vidraça de onde era possível ver o jardim de baixo; queria confirmar se Cuadrelli realmente havia ido para lá. E confirmei: havia caído no lago e o estavam ajudando a sair. Alguém que acabava de se colocar a meu lado, Samuel Branner, uma autoridade mundial no tema da ambiguidade, comentou: não tem como parecer mais bêbado do que quando não se está.

30

À noite, encontrei Yvette Sánchez e comentei sobre meu erro de duas horas antes, minha confusão entre Cuadrelli e Morelli. Para ela, com aquela confusão, não havíamos feito mais do que ceder à ambiguidade instalada no mundo desde suas origens. Não me diga, falei. Sim, Yvette disse, tudo nos leva a Cortázar, como você disse a Cuadrelli, e à ambiguidade, é uma consequência do nosso congresso... Não quis contrariar aquela sentença, difícil de discutir. E, após aquele comentário, fomos jantar, tal como havíamos planejado, num restaurante tranquilo de Marktgasse, o beco do mercado de St. Gallen.

O padre de uma cidade vizinha nos acompanhou no jantar, não aquele tão venerado por seus paroquianos e com quem eu discutira na viagem anterior a Appenzell, mas o que nos cumprimentou na porta da paróquia de St. Laurenzen, em Straubenzell: um jovem de quase dois metros, vestido de preto de cima a baixo, com pés enormes que, à primeira vista, pareciam deslizar, como se buscassem algo no chão, talvez varrê-lo. Por outro lado, num contraste estranho, era um homem lento no falar. E de certa maneira pesado, sobretudo quando tentava fazer-me acreditar que conhecia meu país, e para tanto escolhia como assunto, cercado de muitos louvores, o azeite de oliva da província de Jaén. Elogios incessantes a esse azeite que ele, insuportavelmente preguiçoso, esperava que Yvette traduzisse para mim. Porque, mesmo sabendo um pouco de espanhol, aquele padre se esforçava para monologar em alemão e eu não entendia nada, além de achar aquilo um sinal de falta de educação.

Depois de se exceder mais do que o aceitável num monólogo que parecia construído para incluir de vez em quando a palavra "Jaén" e assim, aos poucos, tentar melhorar sua pronúncia, o cansativo e gigantesco jovem — que eu às vezes via como o possível inventor das pantufas da biblioteca medieval — ficou mudo quando Yvette resolveu explicar-me que as migalas de Cortázar — não por acaso ela era uma catedrática de literatura hispano-americana com boa reputação — tinham muitos precedentes na obra do escritor argentino: as famosas baratas de seu conto "Circe", e também as incontáveis alusões a insetos e artrópodes, sem falar, ela disse, da analogia, em "As mênades", entre os instrumentos musicais e as baratas, ou ainda da analogia da motocicleta com o inseto em "A noite de barriga para cima" etc.

Em todos esses contos — eu conhecia alguns dos mais famosos, mas não os que Yvette estava citando —, o autor de *O jogo da amarelinha* expunha a fragilidade da nossa condição de seres civilizados, inscritos na modernidade e no progresso, e quão fácil, na realidade, é involuirmos a estágios primitivos de desenvolvimento.

Essa última frase deve ter-se introduzido no meu cérebro porque, daquela noite, o que mais vou demorar para esquecer é como, enquanto Yvette me instruía sobre o mundo dos variados insetos do universo literário de Cortázar, tinha a impressão de estar vendo de que maneira um saliente componente animal abria passagem no corpo do jovem clérigo, ou seja, tinha a impressão de estar vendo de que maneira um componente animalesco se esforçava para se impor sobre seu lado humano, a ponto de ele quase se transformar num raro cruzamento de girafa e cordeiro.

Mais do que me preocupar pelo que estivesse acontecendo com o ministro de Deus, esse fato tão estranho me fez pensar no pouco que eu conhecia daquela facilidade que Cortázar tinha de permutar seus personagens humanos por animais: uma herança, com certeza, que, conforme a perspectiva do observador, podia inclusive provir do Paleolítico, quando as categorias com as quais hoje em dia lidamos — mulher, homem, cavalo, árvore, porta — podiam mudar, modificar-se.

Terminado o jantar, voltei para o hotel da Poststrasse acompanhado por Yvette, que queria deixar-me na porta do Walhalla, onde ela conhecia todo mundo, o que por si só era um espetáculo à parte. Yvette aproveitou um momento de descuido meu para me repreender pelo que eu temia que ela me repreendesse: todas as discretas impertinências que eu dissera a seu bom amigo sobre o Himalaia e de que eu já nem lembrava. Não é problema seu que ele seja tão alto, falou.

Pouco antes de me despedir até o dia seguinte, ela me enviou, de seu celular, uma imagem que encontrara em um documento na internet e que havia guardado, disse, pensando em mim. Era uma breve carta que Elena Poniatowska havia escrito a Cortázar e que lhe parecia, disse, muito adequada para mim, que, ultimamente, tanto perseguia o autor de "O perseguidor". Tentei protestar, porque não achava de jeito nenhum que estivesse perseguindo Cortázar e, desde que voltara de Montevidéu, parecia, isso sim, que sua sombra é que me perseguia. Mas Yvette se antecipou, soltando mais uma ou outra repreensão, uma delas inesperada, porque era contra minha forma de olhar com desprezo durante toda a noite para o jovem padre. Tudo bem que, por instantes, você tenha tido a impressão de que ele sofria uma mutação e se transformava em um cruzamento de girafa e ratazana, mas outra coisa é dizê-lo, menos mal que eu não quis traduzir. É alto, sim, mas mede o mesmo que Julio Cortázar, um metro e noventa e três; dá para perdoá-lo, não dá?

31

Continuava hipnotizado no meu inferno do Beaubourg e, ao mesmo tempo — não por acaso me encontrava plantado diante das duas portas —, estava, nesse exato momento, abrindo a porta do quarto 27 de meu hotel de St. Gallen. Sentia-me feliz que me coubera aquela porta, com o 27 e seu comprovado prestígio e com sua fama de ser um número maravilhoso, ligado à filantropia e ao bem das pessoas de maneira desinteressada, inclusive à custa dos próprios interesses.

Procurei em minha pasta de trabalho o discurso sobre a ambiguidade que havia escrito antes que o fragmento "Paris" provocasse meu colapso. Uma conferência sobre a ancestral ambiguidade do mundo, que nos últimos tempos tanto contribuíra para aprofundar a teoria quântica ao questionar até o que vemos e o que entendemos por realidade.

Mas "pasta de trabalho" era só uma forma de dizer, porque fazia tempo que não trabalhava, e havia escrito a conferência muito antes de cair no vazio da não escrita. Na prática, confiava que cairia no sono enquanto revisava inutilmente aquele discurso que eu não pretendia nem retocar, vai que eu imediatamente deixasse de ser uma pobre vítima de minha própria síndrome, algo que, por um lado, tinha um aspecto desolador que eu não conseguia identificar, mas, de outro, fascinava-me, pois me sentia muito livre andando pelo mundo sem minha bagagem literária.

Confiava que cairia no sono enquanto revisasse inutilmente aquilo, e assim foi. Capotei, como se costuma dizer. Mas acordei umas horas depois, de repente, quando um murmúrio de vozes que chegava do quarto ao lado penetrou nos meus ouvidos: um diálogo entre três, quatro ou mais pessoas, uma conversa em voz baixa, plácida e monótona, como a do bangalô na Martinica, um ronronar corriqueiro, mas no exato centro da noite profunda.

Tive um sobressalto, obviamente, quando reconheci, entre as vozes, a de Cuadrelli, com seu inconfundível sotaque portenho, filtrado por sua passagem por Boston e Nova York. Inquietou-

-me que fosse sua voz, mas mais ainda que ele fosse meu vizinho de quarto — era estranho que não tivesse comentado comigo antes —, e em seguida me perturbou, quando os murmúrios, depois de quase se apagarem, de repente voltaram a aumentar e desembocaram nos primeiros ensaios vocais de uma canção que, tudo indicava, as três vozes pretendiam cantar.

Vesti-me furioso, saí para o corredor e vi que haviam deixado a porta do quarto entreaberta e temi que fosse uma armadilha. Acabei empurrando a porta com uma prudência ambígua porque, no fundo, pelas circunstâncias, achava que eu é que daria um susto enorme em quem estivesse lá. E de repente me vi diante de uma cena totalmente absurda, que inclusive parecia montada para mim: Cuadrelli, totalmente sóbrio, sentado na cama e lentamente afrouxando uma gravata vermelha, com uma pequena rã morta, mortíssima, repousando sobre sua perna direita. Uma rã cadáver, mas nem um pouco imóvel porque pendia de um fio provavelmente costurado no interior do bolso esquerdo do casaco de Cuadrelli. Perguntei a ele, com toda a calma do mundo, se era a rã do lago e se havia algum motivo para que ele a usasse como se fosse um relógio de bolso.

A resposta correta teria sido: é a rã caçada no lago do hotel. Mas não parecia que Cuadrelli tivesse a intenção de falar muito, para não dizer nada; tampouco deu qualquer demonstração de alegria por me ver, e parecia que nem me reconhecera — e para isso eu também não conseguia encontrar uma explicação razoável.

Soube, por uma das gêmeas que o acompanhavam, que os três se preparavam para cantar "Senza un perché". As gêmeas eram duas senhoras volumosas, com aparência de amazonas, que eu já havia visto pelo "Congresso da Ambiguidade", duas valquírias nada germânicas, com um ar indiscutivelmente italia-

212

no. Um, dois, três, as gêmeas disseram em uníssono. E sem mais preâmbulos entoaram o estribilho da canção.

> *E tutta la vita*
> *Gira infinita senza un perché*
> *E tutto viene dal niente*
> *E niente rimane senza di te.*

Saiba o senhor, disseram-me depois as gêmeas, em italiano, que não há estribilho mais perfeito do que esse que cantamos porque ele resume o que acontece neste mundo, e saiba também que ninguém no mundo sofreu tanto quanto nós. Lamento muito, consegui dizer com o tom mais educado de que era capaz naquela situação. Você deve acreditar em nós, amargamos muito na vida. E na morte, disse rindo a gêmea mais loira e que, das duas benditas senhoras, era provavelmente a principal candidata a ser a mais terrível.

Olhei para Cuadrelli tentando fazê-lo captar de uma vez por todas meu total estupor diante do que se passava e do que via. Ia perguntar-lhe, com um leve tom humorístico, se a rã era uma homenagem à migala de Montevidéu. Mas preferi não pisar em terrenos perigosos. Além disso, desde minha confusão entre Cuadrelli e Morelli, sentia-me menos seguro diante dele, porque intuía que me olhava com desconfiança e superioridade.

Ia perguntar por que ele não havia comentado que era meu vizinho de quarto, mas o próprio Cuadrelli frustrou minha intenção ao se antecipar a qualquer eventualidade e me olhar de maneira sumamente estranha, distorcendo por completo sua aparência habitual. Sua expressão mudou em um segundo e ficou sinistra, não havia melhor adjetivo do que *sinistra* para descrever o espanto que às vezes pode provocar-nos uma pessoa que acreditamos conhecer e que, de repente, revela-nos um aspecto seu do qual não tínhamos a menor ideia.

Parecia *outro*. E pensei no que Sergio Chejfec escreveu em seu livro *Teoría del ascensor*, em que havia alguém que acabava pensando que se transformara em outro, embora não da forma antiga, porque Chejfec dizia que, para ele, "ser outro" não significava tanto ter uma nova personalidade, mas sim entrar num novo mundo, isto é, num mundo onde a realidade e todos os indivíduos perdiam ou deixavam de lado sua memória e o admitiam como um integrante desconhecido, um recém-chegado.

32

Em vez de continuar olhando Cuadrelli fixamente nos olhos — experiência que me devolvia ao tempo em que eu olhava sem parar a escuridão e tudo acabava tornando-se ameaçador, para não dizer aterrador —, olhei a rã fixamente com ternura. Para começo de conversa, ainda que a visse de longe, a rã muda me lembrava, guardadas as evidentes diferenças no porte físico, a migala de Montevidéu. Com a particularidade de que ali, em St. Gallen, aquela rã pendurada num fio tinha uma propensão letal a voar morta, a voar e regressar à perna de seu novo dono, aquela perna humana a que a haviam condenado e que se convertera em seu evidente lar e túmulo daquela noite.

Embora sem olhar para ele, disse a Cuadrelli que a rã, por mais defunta que estivesse, com o tempo cresceria e emigraria para o Caribe, para a Martinica, e o abandonaria, como todos os filhos abandonam seus pais, afastando-se de sua perna e inscrevendo-se na Ordem das Rãs Maiores. Cuadrelli se limitou a me lançar um sorriso terrível, muito gélido, gelado, totalmente glacial.

É melhor eu sair daqui, pensei. Mas não sem antes compensar a frustração que senti um minuto atrás e, desleal, perguntei-lhe se sabia por que não havia comentado que éramos vizinhos de quarto. Nem respondeu, mas parecia querer dizer que, assim como eu, ele tampouco sabia.

Em todo caso, não houve a menor resposta, ele ficou totalmente mudo, em plena sintonia com a rã sem vida. Perguntei-lhe, então, se não tinha montado uma paródia dos fatos que me aconteceram no hotel de Montevidéu. Se era uma paródia, falei, eu o cumprimentava, porque estava muito bem montada e, além disso, agradecia que, no lugar de uma mala vermelha e um bicho vivo e monumental, estivessem ali aquelas suas amigas tão musicais.

O rosto de Cuadrelli continuou imperturbável, e tampouco houve resposta.

Pensei: o mundo está cheio de pessoas inteligentes a quem lançamos uma bola e que, em vez de pegá-la e devolvê-la, ficam com ela para em seguida monologar e dar sinais de não querer conversar. Mas não fazia sentido que esse fosse o caso de Cuadrelli, bom conversador. No entanto, parecia incomodado por algo que sem dúvida eu não captava. Não estava alterado pelo álcool, sou entendido no assunto. Ainda assim, achei melhor perguntar às gêmeas se ele havia voltado a beber. Não, imagine, de noite ele fica assim, disse uma gêmea. Só bebeu a luz da lua, disse a outra.

Tentando de algum modo me conectar com Cuadrelli, perguntei-lhe se a rã era sinal de algo, um desses sinais egípcios de que me falara horas antes no bar do hotel. Continuou calado. Insisti na pergunta, mas recorrendo deliberadamente a uma frase construída numa linguagem que o liberasse da que utilizamos normalmente e da qual ele podia estar cansado. Mas nem essa estratégia o tirou de seu silêncio de túmulo de rã, e ele não moveu nem um músculo do rosto. Vi que o sapinho — mais do que rã, naquele momento via um sapinho — compunha, juntamente com a efígie egípcia imóvel de Cuadrelli, um grande monumento funerário, num claro contraste com a vivacidade das gêmeas, que pediam aos berros para cantar toda a canção "Senza un perché". E por quê, eu me perguntava, por que, santo deus, elas, a estas horas, querem tanto cantar "Senza un perché".

33

Querido Julio,
Receba este livrinho da mulher nº 16753134758293002, que lhe escreve a carta xzy nº 32/V/374742, este livrinho sem vergonha, não para que o leia, mas apenas para que veja que compartilho sua atração pelo raio verde p. 171, coisa que me deu uma enorme alegria depois de ler seu artigo. Desejo a você um feliz Natal e um maravilhoso Ano-Novo de 1980. De quem o ama e o admira *e demais aranhas*, muitíssimo, Elena.

34

É melhor, disse a mim mesmo, sair o quanto antes tanto do inferno de Bogotá como do nefasto quarto do quarteto melodioso de St. Gallen.
Como quem vem de uma longa excursão ao centro de uma inclassificável anomalia, voltava a entrar em meu quarto daquele hotel da Poststrasse e conseguia recuperar logo o sono, embora, de vez em quando, abrisse os olhos ainda adormecido e visse o fantasma de meu quarto de hóspedes em Barcelona começando a configurar-se. Conforme tomava forma, o fantasma

revelava uma grande inclinação por mover armários; parecia até mais bobo que aquele fantasma do genial conto de Dickens que, pelo menos, desejava aquecer-se, fazendo fogo com a madeira de seu armário. E num desses despertares fugazes, notei o temeroso regresso do murmúrio de vozes do coro ítalo-argentino com rã adossada. Mas tive a impressão de que agora eram ruídos de retirada, vozes bem apagadas. Fiquei mais tranquilo do que já estava. Os outros ruídos, os sons noturnos de fora do hotel, esses sim, cresciam pouco a pouco, fiéis ao ritmo das coisas e dos astros. Por um instante, até consegui rir sozinho quando disse a mim mesmo que, se as valquírias e Cuadrelli com seu sapinho morto pudessem ver-me do outro lado da parede, emudeceriam imediatamente ao me ver transformado em uma migala na escuridão, observando-os à espreita, vestida para matar e com a tranquilidade possível pela proximidade daquele quarteto da morte, porque garantia alimentos e companhia útil, carne viva ou morta, pois tínhamos que nos perguntar o que seria das noites no mundo, para os animais, se não houvesse humanos e alguma rã a mais nos quartos ao lado.

Horas depois, num extraordinário instante prévio à alvorada, fantasiei pensando que me acordava com sol, com suco de goiaba e uma xícara enorme e fumegante de café, e que a longa e estranha noite suíça ficava para trás, tão repleta de rajadas de chuva tropical e de bruscos dilúvios que acabavam sempre por se interromper, bruscamente arrependidos.

Mas, bem depressa, à medida que o amanhecer avançava, a realidade foi desmentindo a noite americana, a noite imaginada, a noite ruiva, a noite martinicana, a noite da iguana e da goiaba, a noite do quarteto melodioso do quarto ao lado. Soube pelo porteiro noturno, que chamei porque notara que era amigo de Yvette e entendia francês bem, que os hóspedes do 28 haviam deixado o quarto poucos minutos antes. Não esperava aquilo, porque havia pensado em acordá-los e arruinar seu imerecido descanso. Mas o que menos podia esperar era perder a pista de Cuadrelli pelo resto do dia. Porque ele não apenas não apareceu na sala onde fiz a conferência, como tampouco se apresentou para o almoço coletivo. Só no cair da tarde pude vê-lo de longe, mas justamente quando já era tarde para tudo, porque eu ia na BMW vermelha conversível que emprestaram a Yvette para que ela me levasse ao aeroporto de Frankfurt, onde me esperava o avião de regresso.

Na sequência do que Cuadrelli me contara sobre os grupos e clubes devotos do contista Cortázar, Yvette me dizia que de fato também ouvira falar daquilo e que sabia que não faltavam seguidores do escritor e que alguns deles se organizavam em pequenas sociedades secretas, realizando, por vezes, incursões muito divertidas, como substituir em Paris um busto de Victor Hugo por um de Cortázar em apenas três horas, enquanto o Estado, na mesma operação, para repô-lo, havia demorado três dias.

Ela me contava isso quando vimos Cuadrelli em boa companhia e caminhando muito esportivamente pela estrada. Passamos com o carro quase raspando nele. O problema é que íamos apressados para chegar a tempo ao aeroporto e, além disso, o automóvel esportivo de Yvette não podia parar porque íamos já a uma certa velocidade, ladeira abaixo, pela estrada de Rosenberg.

Veja, ela disse, lá vai seu amigo, o mais ambíguo de todos. Gravei bem aquele comentário porque era, inclusive, o que eu também começava a pensar. Cuadrelli era a própria personificação da ambiguidade, esse componente tão básico, tão imprescindível para quem quer compreender uma das principais características do mundo, e ainda mais, exatamente como eu havia dito em minha conferência, depois que a teoria quântica passou a questionar até o que víamos e o que entendíamos por realidade.

Nem precisa dizer, disse a Yvette, não sei se você sabe que

Cuadrelli orienta uma grande quantidade de pessoas que trabalham, dia e noite, em textos cujo único objetivo — aqui me interrompi por uns segundos, não sabia se falava ou não — é desacreditar a tão batida frase de Bartleby, o famoso "acho melhor não".

35

Yvette riu, embora ela não pudesse nem imaginar no que ia dar o que eu tinha acabado de lhe dizer, e tampouco eu, que inventara tudo aquilo de improviso. Enquanto ria — Yvette sempre riu muito, sinal de uma inteligência que sabe divertir-se —, eu não parava de lhe pedir que parasse o carro para eu poder me despedir. Faça um retorno rápido, gostaria de me despedir, dizia a Yvette, preciso pedir que me explique uma coisa. Mas estávamos descendo pela estrada que levava a Rosenberg e não era razoável frear de repente. Apesar disso, tive tempo de ver que Cuadrelli, com um bastão rudimentar e transformado num ingênuo e decente montanhista, descia feliz na companhia de umas jovenzinhas tão esportivas quanto ele e também na companhia das inefáveis valquírias, que, apesar de seus corpos, em nenhum momento ficavam para trás do enérgico grupo.

E Cuadrelli ria, até mais do que Yvette ao volante, o que dizia muito. De repente, ela me viu tão sumamente interessado em me despedir que, com a devida prudência, deu cuidadosa meia-volta com sua BMW e empreendeu a breve e veloz subida das pequenas ladeiras que nos separavam do grupo esportivo.

Ao nos ver, Cuadrelli mostrou a surpresa própria de quem não esperava que nos postássemos à sua frente. Em todo caso, não perdeu a chance de manifestar, ao mesmo tempo, o lado mais estimulante de seu caráter expansivo, sua simpatia a essa hora da tarde, só que tudo se estragou quando, irremediavelmente, infiltrou-se em sua expressão o sorriso gelado da noite anterior, o sorriso que o denunciava e o tornava irreconhecível para todo mundo.

Mesmo assim, dessa vez o olhei diretamente nos olhos e lhe disse que voaria para Barcelona e antes queria saber se ele podia dar alguma pista sobre seu comportamento na agitada noite passada. Vi que me olhava boquiaberto, como se não soubesse do que eu estava falando. Conseguiu deixar-me nervoso, e acabei perguntando sobre a rã e sobre "Senza un perché".

— *Volare* — o ouvimos dizer.

E mais nada, não houve de sua parte nem uma palavra a mais, só aquele *Volare*, que me pareceu mais comentário do que resposta. Yvette me perguntou o que ele havia dito, mas ao mesmo tempo me lembrou que tínhamos que nos apressar e, segundos depois, já ao volante de seu conversível emprestado, dirigia de novo para o aeroporto quando, pela porta de saída do meu inferno colombiano — a visível, aquela que não dava para abrir e passar —, abriram, pelo outro lado, e surgiram, do jeito mais inesperado, Madeleine Moore e Dominique Gonzalez-Foerster, duas especialistas — lembrei depois — em ações artísticas que chamavam de "Aparições".

— Você está no Beaubourg — disseram em uníssono.

Não fiquei incomodado pela paródia daquele "Você está em Bogotá", mas porque, irrompendo daquele modo, elas obstruíram a visão de minha descida, no conversível de Yvette, pela estrada de Rosenberg. E também porque, em seguida, perguntaram se eu estava fechado ali havia muito tempo. Entre as perguntas que eu achava que devia fazer a elas estava a de se lhes tinha custado muito entrar por aquela porta pela qual eu, em vão, tentara sair. E outra era saber por que diabos haviam entrado em meu inferno com uma alegria tão transbordante.

As duas se comportavam como se estivessem em casa: nada

estranho, porque de fato estavam, o Splendide eram elas. Divertidas, muito festivas, perguntaram por que eu insistia tanto em focalizá-las com meu celular. Vi logo que, se explicasse de uma forma razoável, elas não entenderiam de cara o que obstruíam, o que estavam tapando. E optei pela via direta. Perguntei se sabiam que eu havia encontrado algo bastante impressionante com a câmera noturna do meu celular. Não faço ideia, disse Moore, sem mostrar interesse. Uma porta secreta, falei, bem do lado desta pela qual acabaram de entrar no meu inferno. Moore, ao ouvir isso, sorriu imediatamente para Dominique, como se dissesse: não falei que ele gosta de ver onde não se vê nada?

Tudo que tentei contar a elas sobre a porta invisível entrou por um ouvido e saiu pelo outro. Pior que isso: precisei engolir um sermão de Moore, uma reprimenda que começou com uma frase também difícil, para mim, de esquecer:

— É como se você nunca tivesse saído de Montevidéu.

Isso tampouco me parecia tão grave. Montevidéu era uma cidade, mas também um estado de ânimo, uma forma de viver em paz fora do convulsionado centro do mundo, um ritmo antigo em pés descalços.

Depois daquela frase, Moore começou a me repreender por estar, disse, muito obcecado com os quartos contíguos, e também com os quartos de duas portas. Você é desses, disse também, que parecem ver no sonho um segundo apartamento em que vamos dormir, abandonando o nosso. E, sem ao menos fazer uma pausa, anunciou que, em uma semana, acrescentariam a porta 20 à porta 19, e eu teria o "desejado" quarto ao lado que, certamente, falou, eu desejaria visitar. Preferiria vê-lo agora, falei. Não é possível, interveio Dominique, mas esperamos que volte para vê-lo, ainda não o construímos.

Insisti na porta nova e secreta que acabava de filmar e que não só era perfeitamente visível no meu celular, como eu também podia mostrar a elas ali mesmo a gravação, para que vissem que eu não estava especulando. Além disso, falei, seria bom que a vissem porque estavam a um passo de ver algo que podia mudar a vida delas. Veja, interveio uma impiedosa Moore, posso até acreditar, mas poderia jurar que você viu a porta que estará aqui na semana que vem e para a qual você deve imaginar que sua chave servirá, da mesma maneira que hoje não serve, porque ainda não existe o quarto contíguo.

Perguntei como ela acreditava que eu pudesse ver a porta que me dizia não existir. Imaginando que você tenha uma câmera que veja o futuro, respondeu Moore. E em seguida acrescentou: acredito no poder do cérebro, na lógica interior. Claro que se referia ao poder do qual todos dispomos para, a partir de um detalhe qualquer, construir significados inéditos. Mas minha porta nova, protestei, não é um cenário inédito. E citei Ariel Luppino, que dizia que há uma lógica exterior e uma lógica interior, mas não é possível entender o interior com a lógica exterior. E sem que previsse fiquei preso nas palavras de Luppino, porque Moore em seguida me perguntou por que eu falava de uma lógica interior se lhe dissera que não acreditava de forma alguma no mundo interior.

Não sabia como sair ileso daquilo, quando Dominique acudiu em minha ajuda, desviando o assunto e dizendo que também existia a lógica do enigma, que era a de maior interesse. Nunca ouvi falar dessa lógica, interveio Moore. E, seja lá o que for, nunca soube por que, naquele momento, a "tropicalização", a copiosa e insistente chuva que era a marca-d'água de Moore, e que antes e por muito tempo fora a de Dominique, cessou de repente.

36

Veja, disse Moore, com todo o seu tão irritante fascínio por aquele poeta abissínio, esteja ele vivo ou morto, queria que você soubesse o que significa de verdade passar "uma temporada no inferno". Por isso levei você a Bogotá, sabia que sua experiência havia sido péssima lá e, portanto, seria um bom lugar para que sofresse, ouvindo sem parar o mais elevado de sua literatura. Veja, continuou Moore, queria também que você enxergasse com clareza como costuma ser a versão masculina do "quarto só seu" de Virginia Woolf, e por isso lhe falei de um "quarto único" quando, na verdade, pensava nesse "quarto só seu", que é o inferno dos homens, onde eles escutam gravações de suas "páginas imortais" e lamentam ter escrito tanta bobagem em vez de se unir à literatura, não digo que feminina, mas escrita por mulheres.

E tudo isso é para o seu bem, prosseguiu Moore, porque tenho certeza de que ter experimentado por um breve período um "inferno só seu" vai fazê-lo voltar a escrever, mas iniciando uma nova etapa, com um novo estilo, uma etapa diferente a partir de uma porta nova. Bogotá pode tê-lo ajudado também nisso.

Senti prontamente que uma onda de rancor incontrolável me invadia. Nunca uma porta nova serviu para escrever uma grande página nova, disse-lhe com a voz de alguém profundamente ofendido. Pois eu garanto que desta vez vai servir, você vai ver, ela disse. E, enquanto a ouvia dizer isso, não conseguia parar de pensar na porta nova que continuava no meu celular, carregada de futuro, segundo Moore.

Ia dizer a ela que, com a sua Bogotá, só havia conseguido que eu me sentisse mais desconfortável do que o normal, talvez tanto quanto naquele dia em que, no Les Deux Magots, fiquei debulhando em silêncio diversos defeitos de *La Concession française*. Mas me contive. Para saciar meu rancor, basta relembrá-los. Um estilo, por exemplo, que poderia ser impecável não fosse seu gosto pelos espaços tipográficos e, sobretudo, pela mania dos parênteses, que permitiam caracterizá-la como patética *parentética*. Por outro lado, havia o que poderíamos chamar de a verdadeira base de seu pensamento, que podia ser facilmente reduzido a algumas trivialidades, inevitáveis em qualquer pessoa inteligente, mas, no fim das contas, trivialidades: a maldade humana; a morte como escândalo; a vida sem sentido enquanto o suicídio, sim, tem sentido; a instabilidade, a criatividade e o desatino que vão sempre nos atingir...

Mas optei pela prudência mais sensata e não fui louco de comentar nada do que, tão agressivamente, pensara de seu livro.

E agora, com sua licença, falei, vou seguir pela estrada de Rosenberg.

37

No dia seguinte, deixei a Colômbia, deixei St. Gallen, deixei Rosenberg, deixei Frankfurt, deixei o Littré, deixei Paris, e até deixei a mim mesmo esquecido em alguma zona obscura de meu imerecido inferno, e fui a Orly para pegar o voo para Barcelona, acreditando que, uma semana depois, retornaria para ver o que me esperava no quarto contíguo. Há amigas que matam, fui pensando. Desejava, contudo, regressar, saber o que me esperava no quarto contíguo que Moore ia preparar para mim. Às vezes adorava Moore. Eu a adorava, mas só quando acreditava que ela fazia tudo aquilo, por mais desagradável que fosse, apenas para me ajudar, para me deixar diante da porta nova.

Na noite do dia 13 de novembro de 2015, uma sexta-feira, quando faltavam três dias para que eu regressasse a Paris e lá pudesse descobrir que tipo de quarto contíguo ao inferno Moore havia preparado para mim — serenamente eu confiava encontrar, dessa vez, um purgatório e que algum poeta chamado Estácio me conduzisse a um jardim celeste, onde talvez conseguisse respirar —, aconteceram nessa cidade os ataques jihadistas que mataram cento e trinta pessoas e feriram quatrocentas. Foram tiroteios contra áreas externas de cinco bares e restaurantes, diversos assassinatos e, além disso, fizeram reféns na casa de shows Bataclan e provocaram explosões ao redor do campo de futebol Stade de France e em outro restaurante próximo da Place de la Nation.

Aqueles atentados ultrapassaram, com tanta distância, a tímida ideia sobre terror que se instalara em mim desde Montevidéu, que fiquei muito abalado com o ocorrido em Paris, principalmente porque aquela cidade, para mim, era um território sagrado. Passei uns minutos incapaz de me mexer e de reagir a qualquer acontecimento que pudesse ocorrer ao meu redor. Fechei os olhos e caí numa estranha incapacidade de imaginar qualquer coisa. Por mais que tentasse pensar no que havia no quarto em que me encontrava na minha casa — justamente o quarto de hóspedes, onde havia mandado instalar uma televisão para ver filmes e partidas de futebol, talvez na esperança de também afugentar o fantasma —, não conseguia imaginar nada. Abri os olhos e olhei por um bom tempo a televisão desligada e a cortina que escondia a janela atrás dela e que dava para um pátio interior. Tentei gravar aquelas duas imagens na minha mente, mas assim que fechei os olhos não consegui imaginar nem a televisão nem a cortina. Quando finalmente voltei a abrir os olhos e vi que havia recuperado a capacidade plena de me mexer, saí de casa e, já na rua, fui a um cinema perto dali.

Vi um filme considerado uma *obra prima*, mas tudo que via me incomodava profundamente, e tentei ver o mínimo possível.

Ri cinco vezes, é verdade, mas na hora errada. Quando, fechando os olhos, dei por encerrado o filme, na sequência voltei a abri-los, mas só para sair à rua. Subi pela rua Augusta e, caminhando por ela, após diversas dúvidas, acabei decidindo que por bastante tempo não me aproximaria de Paris, pois tinha consciência de que, para mim, da noite para o dia, haviam transformado aquela cidade, porque agora, quando estivesse nela, só respiraria pânico, medo absoluto de me sentar numa das áreas externas de bares que tanto adorava, sabendo que, de agora em diante, fazer isso podia equivaler a arriscar a vida. E tanto via as coisas desse jeito que, com muito pesar, renunciei sem a menor dúvida a essa segunda visita ao Splendide e preferi não sair de Barcelona por um longo tempo.

Uma vez tomada aquela decisão tão firme — tão insólita em alguém que tomava pouquíssimas decisões —, planejei enviar minha chave Única — que Madeleine havia prometido que me abriria também a porta do fundo — a alguém, para que fosse em segredo ao Beaubourg, entrasse no quarto geminado ao 19 e, em sua volta, contasse-me o que havia encontrado. Embora, num erro colossal, o primeiro emissário em que pensei tenha sido Navarro Falcón, não demorei para rechaçar a malíssima ideia, péssima, porque, se alguma coisa caracterizava este personagem barcelonês, mais conhecido como Navarro Faltón, era sua sofrível tendência a trombar em todas as portas e, além do mais, era especialmente inapto para contar o que via, inclusive o que poderia chegar a ver numa simples porta, e mais ainda se nessa porta alguém tivesse desenhado, por exemplo, uma araninha com quinze patas, acompanhada de uma rã suíça e um camaleão. Navarro Faltón seria incapaz de transmitir detalhes como esses e, no entanto, ele havia sido o único que, sabendo que eu recebera a chave daquele anexo do quarto só meu no Beaubourg, pediu-me para escrever, disse, "uma reportagem sobre o evento", e a verdade é que hoje penso que, se ele não tivesse pronunciado a espantosa palavra "evento", talvez lhe tivesse cedido aquela chave. Mas a horrível palavra impossibilitou tudo. E, depois de dar voltas no assunto e descartar alguns amigos que certamente me poderiam ajudar, decidi enviar um WhatsApp para Moore e, depois de falar de meu pânico radical em me sentar num café ao ar livre em Paris por, no mínimo, dois ou três meses, pedi a ela, sem mais rodeios, que me dissesse o que se podia ver no quarto contíguo ao meu inferno.

Moore deve ter achado que os cafés ao ar livre não eram uma boa desculpa para não viajar a Paris. E foi profundamente lacônica em sua primeira resposta: "O que se vê ali? Ora, um homem que quer *elevar-se*". Era lacônica, mas aquela mensagem, eu ainda não tinha como saber, continha, na verdade, *tudo*, enquanto a segunda mensagem — sua resposta a meu pedido de que ampliasse a informação — parecia mais eloquente, mas era apenas um complemento da primeira: "Nos últimos tempos, você se transformou num escritor a quem as coisas acontecem de verdade. Tomara que compreenda que seu destino é o de um homem que já deveria querer *elevar-se*, renascer, voltar a ser. Repito: *elevar-se*. Seu destino, a chave da porta nova, está nas suas mãos".

PARIS

1

No final de novembro, viajei a Paris para ver o quarto contíguo ao quarto só meu, que às vezes chamava de "meu inferno". Planejei uma viagem de ida e volta no mesmo dia, sem pernoitar na cidade. Não avisei Moore que iria ao Beaubourg, preferia ir incógnito, direto ao ponto, não queria ver ninguém, ir e voltar, visitar aquele anexo ao inferno que a amiga de gênio criara para mim, segundo ela para me salvar, embora ninguém lhe tivesse pedido esse tipo de ajuda.

Queria, de qualquer forma, comparar a porta do anexo com a invisível que eu havia filmado. E regressar assim que saciasse minha curiosidade. Peguei o avião para Paris tão cedo que até precisei esperar que abrissem o Beaubourg ao público. Passei por uma revista exaustiva, ainda mais levando uma bolsa esportiva que podia levantar suspeitas. Finalmente me postei diante da porta do único quarto do hotel Splendide, o 19, e a abri com minha chave Única e sem problemas, como já havia ocorrido uma semana antes.

Para evitar o desagradável *foehn*, aquela bruma bávara, atravessei o sofrível quarto verdadeiro com uma lanterna e em velocidade máxima. Vivi esse momento de avanço direto até a porta do fundo como se fosse a representação de versos do ainda bastante moderno Herrera y Reissig, o poeta de Montevidéu, para quem a realidade espectral passava "através da *trágica e turva lanterna mágica* de sua razão espectral".

Ou seja, tratei o inferno como mero lugar de passagem e fui direto para a porta do fundo, que, diferentemente da semana anterior, mostrava, afixado, o número 20. Isso me surpreendeu menos do que o fato de se tratar de uma porta nova, talvez a mesma que, dias antes, eu vira pelo sistema "usar modo noturno".

Ela de fato se transformara na porta visível, porque a outra, a visível uma semana antes, havia desaparecido, o que me trouxe de volta a lembrança da porta apagada de Montevidéu. Foi inevitável que uma certa curiosidade me fizesse querer utilizar a câmera noturna para ver *o que mais havia ali*. Mas me contive, como se não tivesse tempo para me entreter na saída do inferno. Quanto antes passasse ao anexo do quarto só meu, melhor. Dessa vez, por fim, minha chave *Única* serviu para abrir a porta do 20 e, num primeiro momento, antes de encontrar o interruptor de luz, não vi absolutamente nada ou, melhor dizendo, ao focalizar com minha lanterna os próprios olhos da escuridão, acreditei ter visto um senhor de outro século — já o vira, em uma circunstância diferente, no sonho da noite anterior — sorvendo o líquido branco que preenche o abdômen das aranhas e afirmando que era um manjar que tinha o sabor especial e delicado da noz.

A visão se esfumou quando a luz se fez e pude ver que me encontrava diante de um quarto discretamente iluminado, para o qual não precisava mais da lanterna mágica. Havia nele uma tela de vídeo e uma cadeira de nogueira com assento estofado. Não demorei a descobrir que o vídeo funcionava apertando o botão vermelho de um velho controle remoto de televisão que estava sobre a única cadeira. Apertei o botão e começou uma sequência de um documentário ambientado num quarto de hospital em Paris. Pela porta entreaberta, a câmera entrava no quarto de uma pessoa chamada Duvert, um jovem de trinta e dois anos gravemente ferido na coluna vertebral por uma bala de kalashnikov no ataque à casa de shows Bataclan. Nesse quarto, uma voz dizia em off, o sobrevivente *trabalhava para viver*. Seu corpo se movimentava lentamente e ele estava tentando levantar-se, literalmente *elevar-se*, para voltar a ser.

No final da longa sequência, outra voz em off, a da própria Madeleine Moore, fazia sua aparição. Não podia deixar de pensar, dizia ela, nos emigrantes da guerra da Síria que, depois de terem arriscado a vida, pisavam numa ilha do Mediterrâneo e depois iam lentamente levantando-se, iam *elevando-se*, também para sentir que voltavam a ser, ou seja, que voltavam à vida, que *voltavam a nascer*, uma expressão que para alguns podia parecer teórica, mas que não o era para quem havia vivido uma experiência tão extrema.

De alguma maneira, pensei, a gravação no hospital falava de como as pessoas se adaptavam à nova realidade que já estava entre nós, ainda que não passasse a impressão de que a tínhamos entendido totalmente. No entanto, já estava aqui e oferecia uma perspectiva aterradora, especialmente quando se avançava na direção da porta do fundo daquele anexo do quarto só meu e se tentava abri-la com a chave Única.

Essa porta não tinha número como as outras duas, por isso intuí que minha chave fracassaria, e nem quis tentar. Também renunciei à câmera noturna do celular porque temia que, atrás daquela porta e depois da vertigem dos atentados, só conseguisse encontrar ali, por lógica sequencial, uma fileira de portas que fossem criando um corredor da morte que podia acabar levando-me ao horror máximo, ao meu encontro com o autêntico real, essa dimensão que, dizia meu pai, se algum dia, por acaso, aparecesse diante de nós ficaria tão deslocada de todas as coisas conhecidas e possíveis que, num brusco desmaio, acabaríamos trombando numa porta ou num muro surgido de repente, e cairíamos atordoados.

Portanto, diante da porta do fundo do quarto 20, quase celebrei ter ficado limitado, na vida, a um quarto único, com seu correspondente quarto contíguo. Era suficiente. Não queria ir além. Não queria um quarto contíguo ao quarto contíguo.

Havia acabado de me dizer isso quando dei uma breve e penúltima olhada em profundidade para a porta não numerada que, dependendo de como fosse observada, tinha certa semelhança com a porta condenada. E me disse que já era suficiente, porque aquela era uma espiral de portas que me conduzia ao horror e à destruição final. Mesmo assim, brinquei de imaginar que olhava para a escuridão que intuía existir atrás daquela porta sem número. E meu olhar — com o qual tentei reproduzir, dentro do possível, o de minha câmera com visão noturna de raios infravermelhos — não poderia ser mais longo e profundo e mais natural e menos digital, e se demorou extraordinariamente, até que, no final, senti-me um sobrevivente que tentava colocar-se em movimento e que estava tentando levantar-se, literalmente *elevar-se*, para voltar a ser.

2

Muitos anos depois, perdão, muitos dias depois — nem tantos, cinco, na verdade —, estava bem tranquilo em minha casa de Barcelona, observando tudo com a mesma "perspectiva de porão" com que tinha o hábito de pensar na minha cidade. Além disso, estava animado porque havia encontrado em Paris, numa porta, a saída de meu bloqueio, e tudo, em parte, graças a ter seguido o conselho de meu pai, que recomendava procurar o buraco que, por menor que fosse, permitisse-nos escapar daquilo que nos mantinha aprisionados. E de repente o Sopro — sim, o Sopro, como Cuadrelli designa esse golpe de ar inspirado que vem sempre do nosso interior, e nisso reside justamente seu principal mistério — lembrou-me que eu podia, como já fizera anos antes de ir a Montevidéu, entrar no site do hotel Cervantes, de codinome Esplendor, e descobrir como andavam as coisas por lá.

Não é má ideia, pensei, uma viagem relâmpago à origem da minha obsessão pelo mistério de Montevidéu. Entrei, mas não no site, e sim numa reportagem publicada apenas um mês antes em Buenos Aires que falava de Montevidéu e Cortázar e do quarto 205 do velho hotel Cervantes. Levei um belo susto porque, de alguma forma e sem que me desse conta, já fazia bastante tempo que acreditava que o 205 era, na verdade, o espaço onde, embora estivesse longe de Montevidéu, eu vivia e, sobretudo, escrevia. Por isso, reagi como se concernisse diretamente a mim aquela reportagem que explicava nada menos que "já era possível dormir na suíte 205 do velho hotel Cervantes, *hoje remodelado*, onde o autor de *O jogo da amarelinha*, convocado a participar de reuniões da Unesco, ficou hospedado entre novembro e dezembro de 1954".

A reportagem incluía uma entrevista com a "gerente-geral do atual Esplendor by Wyndham Montevideo Cervantes". Nem sinal, portanto, de Bigode Gerente, nem de seu ajudante, nem de Nicomedes de Tacuarembó, *e demais aranhas*, um alívio total. Perguntavam à gerente se a porta condenada existia ou havia existido. E ela dizia que não, que não existia, mas que também não tinha certeza se algum dia havia estado ali ou se fora apenas fruto da imaginação de Cortázar. O que posso dizer, afirmava a gerente, é que essa porta não está desenhada na planta original de 1927, mas nunca se sabe.

A reportagem destacava que, havia não muito tempo, as descrições cortazarianas do hotel então chamado Cervantes haviam despertado a curiosidade dos fiéis leitores de Cortázar, atribuindo ao Esplendor by Wyndham Montevideo Cervantes uma aura de mistério para sempre, ainda que recentemente ele tivesse sido remodelado. E a gerente dizia que quem andasse pelos corredores do hotel veria um edifício que combinava seu estilo original italiano florentino dos anos 20 com novos ares vanguardistas: "Não tem nada de sombrio. Pelo contrário, conserva a tranquilidade. Trata-se de um hotel boutique, diferenciado, com diversas comodidades, inclusive o quarto 205, que não tem nenhuma placa, nem nada em especial em sua porta de entrada. De fora, é um quarto a mais, embora não pensem assim os leitores de Cortázar, para os quais será impossível tirar da cabeça o protagonista do conto, Petrone, um argentino em viagem de negócios. De qualquer maneira, o atual quarto 205 do Esplendor *não tem portas ocultas*".

A reportagem também dizia que o Esplendor oferecia 84 quartos remodelados, tinha piscina coberta climatizada e um grande terraço com vista para o rio cor de leão, como, em 27 de novembro de 1954, Cortázar denominou o Rio da Prata numa carta ao artista Eduardo Jonquières. Tudo aquilo não podia ser mais surpreendente para mim, talvez porque, há uma boa temporada, eu identificasse o enigma de Montevidéu com o do Universo, da mesma forma que a ambiguidade se transformara, para mim, no traço mais característico do mundo em que estamos.

Quando uma pessoa passa meses escrevendo sobre um espaço misterioso, este vai virando uma obsessão para ela, que pode acabar chocando-se imensamente com o fato de que outra pessoa possa falar a respeito desse espaço que mantém tão alojado em sua mente. E ainda mais quando, como acabava de acontecer comigo, a reportagem incluía aquela fotografia do "remodelado 205", em que, para meu absoluto assombro, aparecia um quarto sem armário nem porta condenada, com uma grande janela, lençóis brancos da moda, muita luz entrando diretamente da rua e o mais surpreendente: um espaço que tinha, no mínimo, o dobro dos metros quadrados do sombrio quarto que Cortázar conhecera e onde eu também, numa noite agitada, dormi e do qual acreditava conhecer de memória até o último detalhe, até sua última migala viva.

Para mim foi estranho ver aquele 205 tão clareado. Era a segunda vez que eu via um quarto desaparecer no mesmo hotel. Foi isso que pensei, inevitavelmente, antes de outra vez dirigir o olhar quase incrédulo para aquela fotografia do quarto, para aquele quarto tão amplo, tão iluminado, e sem porta condenada.

E não podia deixar de lembrar que Cortázar explicara, em uma entrevista, que havia dormido no hotel, num quarto pequeno: "Não sei quem me recomendou o Cervantes, onde de fato havia uma pecinha pequenina. Entre a cama, uma mesa e um grande armário que tapava uma porta condenada, o espaço que sobrava para se mover era mínimo".

E, ao buscar na fotografia o "lugar exato em que o fantástico irrompe no conto de Cortázar", vi simplesmente um modesto, um humilde e muito simples interruptor de luz. E, sem saber como lidar com aquilo, veio-me a lembrança de minha mãe, que, uma manhã, depois de eu lhe ter perguntado com insistência por que o mundo era tão, mas tão estranho, plantou-se no meio do Paseo de San Juan e me disse que estava cansada daquela pergunta e que ia me dizer pela última vez: o grande mistério do Universo era que houvesse um mistério do Universo.

ESTA OBRA FOI COMPOSTA PELA SPRESS EM ELECTRA E IMPRESSA EM OFSETE
PELA GRÁFICA PAYM SOBRE PAPEL PÓLEN NATURAL DA SUZANO S.A.
PARA A EDITORA SCHWARCZ EM SETEMBRO DE 2023

A marca FSC® é a garantia de que a madeira utilizada na fabricação do papel deste livro provém de florestas que foram gerenciadas de maneira ambientalmente correta, socialmente justa e economicamente viável, além de outras fontes de origem controlada.